Mein besonderer Dank gilt

R.Ammer

G.Sieber

T.Glatz

für Lektorat und Beratung

Mayerbeetle

Das Ende der Nahrungskette

Bibliografische Information der Deutschen Nationalbibliothek:
Die Deutsche Nationalbibliothek verzeichnet diese Publikation in
der Deutschen Nationalbibliografie; detaillierte bibliografische
Daten sind im Internet über http://dnb.dnb.de abrufbar.

Illustration, Design : M.Meier

Herstellung und Verlag: BoD – Books on Demand, Norderstet
ISBN: 978-3-7347-7528-4

1 Auf der Hühnerfarm

Die Sonne scheint auf mich und das Gras kitzelt an meinen Füßen. Am strahlend blauen Himmel sind nur vereinzelte, kleine Wolken zu sehen. So stelle ich mir Indianer vor die sich mit Rauchzeichen unterhalten. »Hallo, Großer Bär, schau mal, was ich für einen kapitalen Hirsch geschossen habe.« »Angeber! Ich glaube, du übertreibst mal wieder Schneller Habicht. Ich zeig dir jetzt den Elch, den ich geschossen habe.« So unterhalten sich die beiden jetzt schon seit Stunden. Mir gefällt es sehr sie zu belauschen. Indianer beschäftigen sich immer mit wirklich wichtigen Dingen. Mit Essen, Trinken, Jagen, Fischen und dem Leben. In der Ferne zeichnen sich die Alpen ab. Jetzt im August sind fast keine Schneefelder zu sehen. Ein wirklich paradiesischer Tag, wären da nicht immer wieder diese bohrenden, ständig wiederkehrenden Fragen und Vorwürfe. Ich habe wirklich alles, was ich mir vom Leben erträumt habe. Im Moment bin ich zwar etwas überlastet, weil wir zusätzlich Kohle brauchen, aber mein Nebenjob hier ermöglicht mir auch Momente der Entspannung und Inspiration, die ich sonst vermissen würde. Aber warum diese nagenden Zweifel?
Myriam liebe ich über alles, sie ist eine ständige Offenbarung für mich und die Gefährtin nach der sich mein Herz lange verzehrte.

Außerdem ist sie eine unglaublich geile Sau. Sie hat ständig Lust und erfüllt all meine erotischen Fantasien, ohne dass ich etwas sage, so als könnte sie meine Gedanken lesen. Wie lange noch, bis sie sich langweilt? Schon wieder bin ich dabei, den Pfad des positiven Denkens zu verlassen, um mich in die Niederungen des Negativen zu begeben. Den Trick, eben diese zu vermeiden suche ich schon sehr lange vergeblich. Immer wieder tappe ich in diese Falle. Warum? Sind meine Ansprüche zu hoch? Warum immer kämpfen - niemals akzeptieren? Warum immer diese Angst vor anderen Menschen. Sie könnten Konkurrenten sein. Ihren Job besser machen, einen größeren Schwanz haben, mich um mein Geld betrügen, kurz und gut, sie sind alle Rivalen. Mit Wehmut denke ich in solchen Stunden der Muse an die Zeit zurück, als ich zum ersten Mal »Der kleine Prinz» gelesen habe. Wie der kleine Prinz dem Fuchs begegnet und der ihm erzählt, wie man sich zähmt, um sich dann vertraut zu werden. Diese Beschreibung des Beginns einer Freundschaft. Wie weit bin ich doch heute davon entfernt, mich zähmen zu lassen oder jemanden zu zähmen. Doch wenn ich ehrlich bin, wünsche ich mir nichts mehr als viele vertraute und gezähmte Freunde um mich herum. Es könnte so schön sein, aber leider denkt ja jeder nur an sich. Wie sagt man. Jeder denkt an sich - nur ich denke an mich. Die Schatten werden langsam länger und erinnern mich an die bevorstehende Arbeit. Hühnerscheiße mit dem Dampfstrahler vom Boden spritzen und dafür sorgen, dass die lieben Brathendl auch gut schmecken, wenn sie auf dem Grill brutzeln. Eine wirklich wundervolle Aufgabe an einem so schönen Samstagnachmittag. Aber immerhin, ich kenne wenigstens die Sonne und das wahre Leben. Die Hendl halten ihr abgefucktes UV-Licht für die Quelle des Lebens und ihren engen Käfig für ihre natürliche Umgebung. Zum Glück, wären sie schlecht drauf, würden sie ja nicht so gut schmecken. Obwohl es bei diesem Job schon sehr schwer fällt, kein Vegetarier zu werden. Denke ich an diese Atmosphäre und die wenige Lebenskraft die darin liegt, stelle ich mit Entsetzen fest, wie bescheiden und unwürdig doch die menschliche Ernährung ist. Wir sollten darauf achten, uns viel bewusster zu ernähren. Du bist, was du isst. Wenn das so ist, bin ich die Mischung aus einem Huhn, einem Schwein, einer Pute und Kartoffeln. Ob eigentlich Gelbe Rüben auch Gefühle zeigen, wenn sie aus dem Boden gerissen werden? Es ist schon unglaublich, was einem so für Quatsch einfällt. Es ist wohl das Vernünftigste, den Nachmittag mit einem Picknick abzuschließen. Flugs die Kühltasche geöffnet und erst mal tief eingeatmet. Da mischt sich der Duft von Parma Schinken und Melone mit knusprigem Weißbrot, Rohmilchkäse und frischen Salat. Nicht irgendein deutscher Barbaren Salat, nein, griechischer Bauernsalat mit Tomaten, Oliven grün und schwarz, Paprika gewürfelt, Gurken, frischer Pfefferminze, kleingehackt, Feta natürlich vom Schaf, und mildes, kalt gepresstes Olivenöl. Die deutsche Küche ist der unserer mediterranen Nachbarn hoffnungslos unterlegen. Kein Wunder, wenn sie uns für kulturlose Barbaren halten. Ein guter Chateau neuf du Pape rundet alles zu einem bekömmlichen Mahl ab. Samstag vor der Arbeit ist ein guter Rotwein einfach Pflicht. Besonders wenn er aus einem so vorzüglichen Weinanbaugebiet stammt. Man muss die großen runden Lavasteine selbst gesehen haben, die diese Weinstöcke umgeben. Tagsüber halten diese rotbraunen runden Gebilde die sengende Hitze von den Weinstöcken fern, um sie ihnen dann in der Nacht wohldosiert weiterzugeben. Dadurch entsteht ein wohl weltweit einzigartiges Aroma. Als die Sonne langsam den Himmel in Rosaviolett taucht, während sie hinter dem Alpenkamm verschwindet, runde ich mein Picknick mit einem Rockford und einem Glas Likörwein aus Beaume de Vinise, genauer gesagt Lafare, ab. Das passt hervorragend zum Wetter. Bald schon ruft die Pflicht, aber ich könnte diesen Ruf ohne weiteres ignorieren. Darin habe ich wahre Meisterschaft erlangt. Aber nicht heute und nicht jetzt. Drängen doch die finanziellen Verpflichtungen. Ständige Sorgen ums Überleben verderben den Tag. Gibt es nicht genug für uns alle auf dieser Welt? Muss der Mensch wirklich jagen und sammeln? Andere ausbeuten und Reichtümer anhäufen? Ist es nicht viel befriedigender, seine Visionen zu leben? Dem Leben Sinn zu geben? Diese Fragen machen mir eines ganz bewusst. Es ist höchste Zeit, aufzustehen und Scheiße zu kratzen, denn bei den Hendln werde ich nach Stunden bezahlt, und wenn ich zu spät komme, heisst das nach einem neuen NebenjobAusschau zu halten. Gedanken kann ich mir ja machen wenn, ich genug verdient habe. Los los, die Hühner warten nicht. Kreischen, Zischen, Gackern und Löcher in den Gummistiefeln. Immer die gleiche Temperatur und vierundzwanzig Stunden Licht. Was will man mehr? Vielleicht Vitamine und Antibiotika im Essen? Bitte sehr! Kein Problem. Inzwischen ist es 1:23 Uhr und ich bin allein in der Halle und hundemüde. Der Gestank ist fürchterlich, aber gut bezahlt. Zwischen einigen Medikamentenkisten lege ich mich auf leere Säcke. Rausgehen ist zu gefährlich, denn ich habe Aufsicht. Wenn mich der Vorarbeiter erwischt - nicht so gut. Also hier schlafen. Hätte ja bloß keinen Wein trinken sollen. Nur noch vier Stunden, dass schaffe ich schon. Zapp und schon kommt der Schlaf. Plötzlich hysterisches Gekreische, ich schrecke hoch. Die Hühner sind panisch, einige schon tot vor Aufregung. Ich habe Gänsehaut und traue mich fast nicht zu rühren. Da sehe ich den Schrecken. Ein schwarzes schwammähnliches Monster kriecht hinten in der Halle. Es pulsiert, und mit kleinen Saugern bewegt es sich am Boden entlang. Aus seinem Körper ragen überall hässliche, pelzige, schleimige Tentakel. Mehr sehe ich nicht, denn als ich es bemerke, stürzt es auch schon in unglaublicher Geschwindigkeit auf mich zu. Da kommt Bewegung in meinen Körper. Ich springe auf und renne um mein Leben. Laut schreiend laufe ich in die Nacht. Ich renne und renne. Es ist keine Zeit, sich umzuschauen oder zu denken. Irgendwann breche ich zusammen. Meine Hosen sind nass und voll. Wie ein Wahnsinniger schnappe ich nach Luft. Unbeschreibliche Augenblicke! Ist alles, was ich von der Welt geträumt habe, nur Einbildung? Was ich gesehen habe, ist so wahr und echt, wie man es sich kaum vorstellen kann, besser gesagt unvorstellbar. Ich wusste nicht, dass ich so schnell sein kann. Wahnsinn! Doch Achtung! Wie viel Zeit ist vergangen? Ich hab keine Ahnung, langsam stehe ich auf. Alles nass, voll Dreck, Blut und verkackt. Ich zieh alles aus, nehm' den Geldbeutel, Handy und Autoschlüssel und höre mich vorsichtig um. Die Angst kehrt zurück. Mein Herz schlägt wie wild in meinem Hals. Ganz vorsichtig schleiche ich, nur mit meinen Schuhen bekleidet, durch den Wald, bereit alles sofort fallen zu lassen, um mich mit meinen beiden Händen zu verteidigen oder unbemerkt zu meinem Auto zu kommen. Da, ein Knacken, bevor ich denke renne ich los. Wie ein Sprinter rase ich durchs Unterholz. Ich sehe meine Schritte nicht, denk nicht darüber nach, sondern laufe einfach. Da ist keine Zeit für irgendwas anderes. Ich springe in einen Bach und gleich darauf erfrischt weiter. Plötzlich stehe ich vor meinem Auto, wie praktisch. Tür auf, Schlüssel rein und Vollgas. Nichts wie weg. Auf den Weg, die Strasse und dann schnellstens auf die Autobahn. Autobahnen sind so vertraut. Ich fahr auf der Ostumgehung, dann Stuttgart, dann zurück in die Stadt und noch mal übern Mittleren Ring um München. Erst als ich ganz sicher bin, dass mir nichts und niemand folgt, fahre ich nach Hause. Ganz schön verrückt, so ohne Klamotten durch die Stadt und dann hier auf den Parkplatz vor unser Haus. Langsam kommt das Denken wieder. Wenn mich jetzt ein Nachbar sieht, hält er mich für sexuell abartig. Möglichst nah am Eingang parken und dann schnell den zwanzig Meter weiten Weg zur Haustür, bin deutlich langsamer als vorhin im Wald, obwohl ich

wirklich mein Bestes gebe. Ein Unterschied der mir deutlich auffällt. Im Treppenhaus versuche ich mich zu verbessern.

2 Freunde

Schlüssel, Tür auf und ach ja, da war ja die Party. Völlig vergessen. Blöde Kalbsaugen in den Gesichtern unserer Freunde starren mich an. Zum ersten Mal fällt mir auf, wie gleich sich doch all unsere Bekannten sehen. Kennen wir nur Rindviecher? Die erste Tür links in unserer Wohnung ist zum Glück die Badezimmertür. Auf und nichts wie rein ins Bad und dann in den Bademantel. Durchatmen, denken, Bademantel wieder aus und ab in die Dusche. Das warme Wasser entspannt. Ich ziehe mich an und gehe in die Küche. Es ist 3:27 auf unserer hässlichen Digitaluhr. »Hä, da Hannes, hä, a wuider Hund is a scho. Hä, hä.« »Bis`d am End a Exhibitionist? Oh mei, hab gar ned gwußt, dass i so a Dregsau kenn. Da anda!« »Ihr blöden Dummschwätzer, entweda gibt`s Frühstüg für olle oda i schmeiß eich naus. Ihr Deppen!« Super, so herzliche, intelligente und absolut nüchterne Bekannte im Haus zu haben. In irgendeinem Buch hab ich mal gelesen, wenn man den Leuten in seinem Freundeskreis auf die Hühneraugen latscht und sie richtig packt, dann verkleinert sich der Kreis der Leute, die dir deine Zeit stehlen, rasant. Sollte jetzt sofort damit anfangen. Unglaublich wie einem diese Blödlaberer auffallen nach echtem Stress. Erstmal richtig was einschenken von meinen guten Jackie. Nach dem dritten fang ich an zu entspannen und nach dem fünften beginne ich an meinem Verstand zu zweifeln. »Na, was is los?« »Ich bin etwas durcheinander heute, eigentlich wollt ich die ganze Nacht arbeiten, aber dann ist die Hölle ausgebrochen.« Martin beugt sich zu mir vor, ich sehe den Bierschaum in seinem Schnurrbart und frage mich, warum je ein Mann auf die Idee gekommen ist, so was zu tragen. Seine Augen glitzern und er wirkt richtig interessiert. »Erzähl!« »Glaubst du ja doch nicht.« »Doch doch, versuch`s!« »Na gut, also ich bin eingeschlafen, und wie ich aufgewacht bin, ist ein riesiges, schleimiges Monster mit behaarten Tentakeln auf mich losgestürzt. Es ging alles sehr schnell und ich bin abgehauen und hatte Todesangst.« »War's dann weg, oder glaubst du, es kommt noch mal? Hatte es Hörner, oder hat es was gesagt und kannst du es vielleicht zeichnen? Weißt du, es gibt im Headshop in der Türkenstraße ein Pilzkissen. Wenn du es am Abend unter dein Kopfkissen legst, hast du in der Nacht die härtesten Halos. Das soll dich richtig wegbeamen und es ist sogar legal. Was hast du genommen?« » Vergiss es einfach. War sicher ein Flashback.« »Oder eine Kreatur,« wirft Frank ein, der gerade angesoffen in die Küche kommt. »Was ist eine Kreatur?« »Das ist eine Schöpfung der Götter. Ein Wesen, das im Auftrag eines Gottes regelmäßig gewisse Aufträge übernimmt. Entweder um Untertanen zur Anbetung zu rekrutieren, neue Gebiete zu erobern, oder Menschen in Angst zu versetzen!« »So was gibt's doch nicht. Du spinnst ja! Wie soll so eine Kreatur aussehen?« »Komm einfach morgen mal bei mir vorbei, ich zeig dir so eine Kreatur. Okay?« »Ja, okay.« »Ich bin den ganzen Tag daheim.« Wirklich interessante Gespräche und richtig mitfühlende Freunde. Bin ich einfach nur blau? Nach dem Schock wirkt der Whisky wie ein Hammer. Als ich aufstehe, fall ich sofort wieder um. Da kommt Myriam, ich greif ihr an die Titten und schieb meine Zunge in ihren Hals. Verdammt, da kommt Myriam, an welchem Arsch spiel ich gerade rum? Jetzt redet sie mit mir, ich verstehe nichts mehr, taumle ins Schlafzimmer und Ende. He Houston, wir haben da ein Problem. Als ich aufwache, brummt mein Schädel und ich hab einen saumäßigen Durst. Myriam ist auch nicht da, hab wohl geschnarcht. Erst mal in die Küche und was trinken. Wahnsinn, da steh ich und denk schon wieder ganz normal und bin am Leben. Einfach unglaublich, ich hab den Angriff eines Monsters überlebt. Unbeschreibliche Glücksgefühle durchströmen mich. Ich fühl mich lebendig und klar. Kein Zweifel, was mir da passiert ist war alles Andere als Einbildung. Das Wasser schmeckt so gut wie nie und ich latsche sehr zufrieden ins Wohnzimmer. Da liegt Myriam neben diesem Kerl. Gut, sie hat noch einen Slip an, aber immerhin, sie war gestern sicher auch ziemlich blau, und wer weiß. Ich hasse den Gedanken, ein anderer könnte meine Traumfrau zärtlich berührt, gekost oder gar gefickt haben. Und dann noch der, zugegeben, jetzt wär ich auch auf den besten Freund sauer, aber dieses Arschloch aus der »i-family«, die sich alle mit i am Ende ansprechen. Die Nanni, der Otti, der Brezi, der Arschi, der Deppi und der hier heißt Strecki, weil ich ihm jetzt meine Ferse in seine Fresse strecki. Da macht die Sau auch schon schreii. Da tret ich gleich noch in die Eier und zieh die Sau nach oben. Ein paar Schläge in die Fressi und rauswerfi dieses Arschi aus Wohnung. Komm bloß nie zurück. Auch Myriam ist aufgewacht und schaut verstört. Erst mal ficken, reden kann man auch danach. Geile kleine Sau, wenn sie meinen Schwanz drin hat, ist ihr alles egal. Sie stöhnt geil, schreit, fick mich, und ist total süchtig. Ein Phänomen, diese Frau. Abspritzen, böse schauen und ins Bad unter die Dusche. Myriam wird ignoriert, wer ist denn fremdgegangen? Nach der Dusche zurück zu Myriam, aber was ist das, da sitzt sie und heult. »Ich müsste eigentlich weinen und nicht du. Wer ist denn mit jemand anderem im Bett gelegen. Fickst du jetzt andere Männer oder was? Was glaubst du?« »Halt einfach deinen Mund, du Arsch. Was glaubst du eigentlich!« So hab ich sie noch nie gesehen, wütender Blick, schrille schreiende Stimme, richtig supersauer. »Wer kommt mitten in der Nacht nackt nach Hause, schließt sich ins Bad ein, säuft sich voll, spielt mit den Händen in Evas Hose rum, ignoriert mich total und geht dann einfach ins Bett? Wer wollte denn unbedingt diese scheiß Party und dann, wenn alle eingeladen sind, rumscheißen. Ich will diese Deppen nicht sehen, mich kotzen diese Gestalten an, ich geh in die Arbeit, wir brauchen Geld. Ich hab die ganze Arbeit, du kommst nackt, wo du doch angeblich beim Arbeiten warst. Du kotzt mich an, du blödes Arschloch. Den armen Kerl verprügeln und dann gleich ficken!« »Dir hat's doch gefallen, du blöde Schlampe, lenk bloß nicht ab! Wer hat mit einem anderen gefickt?« »Du glaubst, man fickt immer gleich, du« »Du fickst immer gleich, ich rede von dir, ich kenne dich, geile Sau.« Richtig sauer haut sie mir eine runter. Meine Backe brennt richtig und ich reiße sie zu Boden und hau ihr auch eine runter. Weil wir beide noch nackt sind, rutscht mein Schwanz in ihre Möse, ich fühl mich schlecht. Sie schaut sauer und ihre Fotze wird unglaublich feucht. Ich bekomme einen Moralischen und will aufhören. »Schlägst mich und steckst ihn rein, du geiler Schwanz, du geiler Ficker, bestraf mich, ah ja, weiter.« Da zieh ich sie an ihren Haaren hinter und spring wie ein wildes Tier in sie rein. »Du geile Schlampe machst mich wahnsinnig, du böse Fotze.« »Ja, ja, bestraf mich, ich bin böse, ich bin schwanzsüchtig, oh ja, ich will mich bei allen einfach nackt drauf setzen, es ist mir egal, ich will gefickt werden! Straf mich, ja!« Ich stoß fast besinnungslos in sie, sie stöhnt wild, ich ziehe ihre Beine nach hinten und stoße meinen Harten noch tiefer rein. »Du Sau, ja, ja, fester, oh du Sau, oh ich komm gleich, du Hengst.« »Geile, geile Fotze!« »Oh ja, fester, fester, ja, bestraf mich, ich bin deine Muschi. Spritz ab, komm, Liebster, ja!« Wir liegen nebeneinander, reden kein Wort, da läutet das Telefon. »Hallo!« »Was heißt hier hallo, spreche ich mit Herrn Gimmil?« »Ja, wer ist denn dran?« »Hier ist Munkert, Herr Gimmil, Herr Pfeifer, mein Vorarbeiter, hat mir berichtet, dass sie gestern Nacht einfach wie ein Wilder aus Halle 3 gelaufen sind. Wie er in der Halle nach dem rechten gesehen hat, waren 19 Hühner tot und alle anderen in heller Aufregung. Was haben sie gemacht, Herr Gimmil?« »Äh, ja, äh, grüß Gott, Herr Munkert, also, äh, ich bin kurz eingenickt und da war ein Raubtier, oder so was, und das hat mich total erschreckt und die Hühner auch und ich bin abgehauen.« »Was erzählen sie da, Mann?« »Ja, genauer gesagt, es war ein Monster oder so was, hat Herr Pfeiffer nichts davon erzählt?« »Sind sie immer noch betrunken, oder vielleicht gehen sie mal zum Arzt! Pfeiffer hat nichts dergleichen erzählt. Die toten Tiere ziehe ich von ihrem Lohn ab und auch sonst noch einiges. Ihre fristlose Kündigung erhalten sie mit der Post. Und Gimmil...« »Ja Herr Munkert;« »In dieser Branche brauchen sie nie mehr einen Job zusuchen. Leben sie wohl!« Klack, aufgelegt und das alles vor dem Frühstück, was hab ich ihm überhaupt erzählt, klar, dass er sauer ist. Scheiße, ich war einfach vollkommen unvorbereitet und er hat mich kalt erwischt. »Hallo, was is los? Warum hast du die Tür abgesperrt? Mach auf!« »Sei nicht sauer, Hannes, aber ich brauch Ruhe und muss erst mal nachdenken. Bitte lass mich allein!« »Ja klar!« Schon super, die Sache mit Murphys Law. Wie war das? Was schief gehen kann, geht schief. Na, dann hab ich ja grad eine Serie. Anziehen und auf zu Mäckie, da kann eigentlich nichts schief gehen. Ich liebe manchmal diese sterile saubere und anonyme Umgebung. Überall auf der Welt das gleiche vertraute Bild und überall das gleiche Frühstück. Was, zu spät fürs Frühstück? Schönen Gruß von Murphy, langsam nervt dieser Typ. Also ein Royal TS Menü Maxi mit einem Bier als Katerkiller und als Dessert ein Schokoshake. Nichts geht über ein Menü bei Mäckie, wenn man Probleme hat. Das scheiß Monster, eigentlich klar dass mir das keiner abkauft. Hätte ich mir gleich denken können, aber an so was denk ich halt zuletzt. Es war so echt, ich kann schwören und beeiden es war real und keine Fantasie. Egal, was die Anderen sagen, ich bin hundertprozentig sicher. Was hat Frank da gestern von einer Kreatur erzählt? Weiß auch nicht mehr so genau, na ja, am besten ich fahr mal hin.

Die Kafkastrasse in Neuperlach ist so richtig hässlich. Zone 30 mit regelmäßigen Blitzern und die Häuser alle viereckig und tot. Manche gelb, manche weiß gestrichen, mit spärlichem Grün dazwischen. Eine Quotenbepflanzung, fast so wie in der Hühnerfarm. Allerdings fahren die Hühner nicht jeden Morgen mit der U-Bahn in die Arbeit. Nummer 56, hier wohnt Frank mit seiner Familie im dritten Stock. Ich komm sehr ungern hierher. Nach zehn Uhr abends darf man in seiner Wohnung nur noch flüstern und Musik ist dann verboten. Der Spanier nebenan macht ihm sonst für Wochen die Hölle heiß. Die Kinder hätte man in dieser Umgebung besser nicht in die Welt gesetzt, denn man kann sie ja nicht knebeln und fesseln. Sollte man aber besser in diesem Sozialklo, weil in der Nacht schon ein normaler Furz reicht und das ganze Haus ist wach. Eigentlich liebe ich München Eastside ja, aber dieses Haus ist absolute Scheiße. Als ich unten die Tür aufschiebe, hallt es unnatürlich laut im Treppenhaus und meine Schuhe klingen auf den Treppen wie ein Panzerangriff. Frank ist daheim und schaut mich entgeistert an. »Du hast doch gesagt, ich soll vorbeikommen. Ich will das Monster sehen und alles wissen, was du drüber weißt.« »So wichtig? Komm mit, hier lang!« Wir gehen in sein Arbeitszimmer und Frank stellt seinen Computer an. Er startet ein Spiel. »So und so!« Er drückt einige Knöpfe. »So, jetzt schau, hier hast du ein Dorf, das gehört zu deinem Bereich, und du bist die Gottheit. Du kannst die Bewohner unterdrucken und killen, etwa so.« Er packt eine der Figuren und schmeißt sie ins Wasser. »Oder du hilfst ihnen. Du kannst zum Beispiel Fische aus dem Wasser holen, dann haben sie zu essen und können dir einen großen Tempel bauen. In dem Tempel beten sie dich dann an und die Anbetungspunkte, die du bekommst, helfen dir, immer mächtiger zu werden.« »He Frank, is ja alles schön und gut, aber sag mal, wo ist das Monster über das wir uns gestern unterhalten haben?« »Die Kreatur, du meinst die Kreatur!« Er sabbert fast. »Was für eine verschissene Kreatur, ich mein das Monster, das ich gesehen habe, wir haben gestern auf der Party drüber gesprochen. Erinnerst du dich nicht?« »Reg dich ab, ja klar weiß ich, was du meinst. Hier schau doch, hier ist das Monster, oder die Kreatur, wie ich sie nenne.« Er zeigt mir eine lächerliche Figur in diesem Deppenspiel und ich muss schon wieder an diesen verfluchten Murphy denken. »Diese Kreatur nimmt dir viele Routineaufgaben ab, du kannst sie abrichten, wie du willst, und sie hilft dir deine Welt zu beherrschen und deinen Machtbereich.« »Ich muss ganz schnell weg, hab noch was wichtiges vergessen. Ich ruf dich bald an. Ciao!« »Servus Hannes.« Bloß weg hier. Versteht mich denn gar niemand mehr? Was ist los, da passiert mir einmal was, wie es sonst nur in irgendwelchen Filmen vorkommt, etwas, das sogar irgendwie nach Abenteuer riechen könnte, etwas, von dem wir doch alle träumen, und dann interessiert sich keine Sau dafür. Es geht jedem am Arsch vorbei. Niemand wollte irgend was davon wissen und keiner kann sich auch nur im Entferntesten vorstellen, was auf dieser scheiß Hühnerfarm wirklich passiert ist. Na ja, ich wirke auch nicht gerade glaubhaft, aber irgendwie muss ich doch rausfinden was mir da wirklich passiert ist. Bis jetzt weiß ich nur, dass meine Freunde nicht die besten und aufmerksamsten Zuhörer sind, die man sich vorstellen kann. Das ist eigentlich ein bisschen dürftig. Was ist das? Bei Eti, ein richtig abgefucktes Alkbeiserl. Genau das Richtige, um meine Forschungen zu vertiefen. »Bist du Eti?« »Ja, was willst du?« »Erst mal drei Asbach Cola und eine Schachtel Lucky.« Sehr gut, wie schnell sich die Dinge ändern. Nach dem dritten Asbach Cola bin ich sicher, der einzige Checker unter lauter Idioten zu sein. »He Eti, bring mir noch zwei und ein Bier.« Hier ist`s dunkel, wenig Leute und jeder trinkt. Ein idealer Ort, um die Welt zu bejammern. Langsam interessieren mich weder Monster noch Deppen. Ich saug an meiner Lucky, trink mein Bier, dazu Asbach Cola und sinke nach oben zurück in die Einfachheit des menschlichen Seins. Klingt ganz schön poetisch, heißt aber nur, dass ich mich erstmal richtig gepflegt zulaufen lasse. Nach dem Zahlen falle ich vom Hocker. Als ich mich wieder hochrapple, merke ich, wie mir Blut aus dem Mund läuft. Beim Gehen remple ich alles an und fang an zu fluchen. Ein paar Penner, wohl Stammgäste, schmeißen mich raus, Eti flucht dazu. Da ich nicht mehr laufen kann, fahre ich heim. Als ich am nächsten Morgen aufwache, brummt mein Schädel, und im Wohnzimmer schaut's aus wie die Sau. Ich bin mit meinem Leben ganz und gar unzufrieden. Zuerst einmal will ich Klarheit und etwas Abstand von den ganzen Leuten, denen ich sowieso egal bin. Wenn mir die letzten zwei Tage etwas gebracht haben, dann die Erkenntnis, dass mein Umgang mit meinen so genannten Freunden und meiner Frau höchst oberflächlich ist. Genau betrachtet sogar reine Zeitverschwendung. Würde dieses Monster noch einmal auftauchen und mich erwischen, dann hätte ich jetzt zum ersten Mal eine Ahnung von der Sinnlosigkeit meiner bisherigen Existenz. Mein Leben in Ordnung bringen, herausfinden, was es mit diesen Monstern auf sich hat, und endlich verantwortlich handeln. Mit Grausen fällt mir der gestrige Tag ein. Da bin ich doch vollkommen besoffen, ohne jede Kontrolle nach Hause gefahren. Unglaubliche Blödheit. Wäre irgendwas passiert, ich hätte mir ein Leben lang Vorwürfe gemacht. Wie eine Erleuchtung durchfließt mich die Erkenntnis. Verkaufe dein Auto, dann bist du schuldenfrei und deine Dummheiten sind gesühnt. Mir geht`s gleich viel besser und ich schlafe ein.

»Hallo mein Schatz, hallo.« Ich spür zwei schöne weiche Hände auf meinem Körper, die mich verwöhnen. »Wach auf mein süßer, Essen ist fertig.« »Deswegen riecht`s hier so gut, komm erst mal näher. Hhmm, riechst du gut, oh du süße Maus, du geile süße Maus.« »Lass das, sonst wird unser Essen kalt. Ich hab was vom Chinesen mitgenommen, nimm deine Hand da weg, ich hab Hunger!« Myriam springt auf und rennt in die Küche, ich hinterher. Köstlich, Junghühner in Erdnuss Sate, Kantonente knusprig und scharf, dazu Reis. China-Food ist manchmal der Bringer. »Weißt du noch, als wir uns kennen gelernt haben, Hannes? Weißt du noch, was du alles machen wolltest, wie toll du warst, deine ganzen Ziele und Pläne? Dann schau dich jetzt an, schau, was du jeden Tag trinkst und kiffst. Du kannst nicht mal mehr zwei Sätze hintereinander sprechen, ohne dabei zu lallen. Ich weiß oft gar nicht mehr, warum ich bei dir bin. Du musst dich jetzt endlich ändern. Dein Bruder sagt, du musst in deinem Leben eine

Hundertachtzig-Grad-Drehung machen. Ich helfe dir gern.« »Ich will mein Auto verkaufen und damit meine Schulden bezahlen.« »He, ich rede von was Anderem. Du musst wirklich aufhören zu trinken und zu rauchen. Du verlierst jeden Kontakt zur Wirklichkeit. Du brauchst Therapie, ich mein richtige Hilfe. Du bist total abgefuckt. Ohne mich wärst du sowieso komplett hilflos.« »Danke, Mami!« Ich springe auf und renn erst mal aus dem Haus. Das Auto lass ich lieber stehen, egal wie sauer ich bin.

3 Isar

Auf zum zweihundertzwanziger Bus. Schaut so aus, als habe ich eine gute Serie- ab jetzt,- denn kaum bin ich da, kommt auch schon der Bus. Dreizehn Euro fünfzig für so ein paar Streifen ist ganz schön happig und der Busfahrer hat beim Verkauf nicht mal ein schlechtes Gewissen. Der MVV ist für Wucherpreise und Verspätungen bekannt. Am Quirinplatz steige ich in die U-Bahn und eine Station später am Wettersteinplatz in die Tram. Der Flaucher ist ein guter Ort, um zu sich zu kommen. Da ist ein schöner Platz im Gang, ich setz mich hin. »Fahrkartenkontrolle, sie bitte zeigen`s mir Ihren Fahrausweis.« Ich zieh meinen Geldbeutel aus der Tasche, kram meine Karte raus und halt sie ihr hin. »Ja die is von Gestern, ham`s des Stempeln heit vergessen?« »Moment, ich hab die Karte grade vorhin im Bus gekauft und da abgestempelt.« »Da steht, sie haben gestern um Zweiundzwanziguhrzwanzig im Zwoundsiebzigelfer abgestempelt. Da haben sie es heute vergessen.« »Ich hab heute nichts vergessen, ich hab die Karte gerade eben beim Busfahrer gekauft und abgestempelt, gestern bin ich überhaupt nicht Bus gefahren.« »Geben sie mir Ihren Ausweis.« »Ich hab keinen.« »Dann geben`s halt ihren Führerschein her«,mischt sich eine Kollegin ein. Inzwischen stehen vier

Kontrolleure um mich herum. Die Trambahn hält am Tiroler-Platz. »Ich will hier aussteigen«,sage ich und schau die MVV-Bande fragend an. »Gebens uns Ihren Führerschein, dann steigen wir aus.« Langsam wächst mir die Kollegin noch mehr ans Herz als meine Kontrolleurin. Ich geb ihr meinen Führerschein und bin einfach fassungslos. Wir steigen aus. »Dann war halt der Entwerter kaputt, kann bitte jemand mit mir zum Quirinplatz fahren, auf den scheiß Bus warten und die Sache klären?« »Da können Sie sich an unsere Beschwerdestelle wenden, an der Poccistrasse wenden.« »Die sagen mir dann auch, sie haben um Zweiundzwanzigzwanzig im Zweiundsiebzigelfer abgestempelt. Die erzählen dann die gleiche Scheiße wie Sie und scheren sich einen Dreck um meine Aussage. Ich will jetzt, dass jemand von ihnen mit mir dahin fährt.« »Jetzt sans halt menschlich«, mischt sich da ein anderer Kontrolleur ein. Sein rotes Schnapsgesicht strahlt mich an und ich könnte ihm sofort eine reinhauen und ihn über alle Maßen beleidigen. Tue ich aber nicht, denn darauf wartet dieses Pack ja nur. Ich weiß jetzt, dass es ein Fehler war, ihnen meinen Führerschein zu geben, denn jetzt ist es ihnen scheißegal, was ich sage und tue. Das hat man davon wenn man nett zu Fahrkartenkontrolleuren ist. »Menschlich!«, ich schreie, eine dieser Tussis wendet sich ab, weil sie fast abkotzt, »wer glaubt einem Stempel mehr als einem Menschen? Ich oder ihr? Wer will die Sache klären und wem ist es egal?« Die nächste Trambahn kommt und das ganze MVV Pack verpisst sich.

»Ich fahr nie mehr mit eurem Scheißverein«, schreie ich ihnen hinterher, zerreiße das Ticket und weiß jetzt schon, dass ich verloren habe. Gelogen war's auch, denn ohne MVV geht in München nichts und leider wissen die das auch. Stinksauer latsch ich an die Isar. An den langen weißen Kiesstränden des Flauchers hält sich Ärger nicht besonders lange. Umgeben von den Armen der Isar auf zartem Kies, unter blauem Himmel löst sich alles gemächlich auf und nur die pure Lust am Sein bleibt übrig. Keinem anderen Strand der Welt würde ich den Vorzug geben, vor allem nicht im August. Wenn ich hier am Flaucher in den Himmel schaue weiß ich, dass all diese Kitschbilder von Oberbayern nur die Wahrheit darstellen, nichts als die nackte Wahrheit. All diesen kunstbeflissenen Ästheten möchte ich es ins Gesicht furzen, wenn sie sich schaudernd vom vermeintlichen Kitsch abwenden. »Ignoranten« ,will ich schreien, »wie kann die Wahrheit kitschig sein, und euere gekünstelte Einbildung soll wahr sein?« Einfachheit dumm, Kompliziertes sehen intelligent, nur weil man vor jeder Äußerung Kopfschmerzen hat, um auch ja auf der Welle des Zeitgeistes zu surfen. Aber schnell bringen mich die Gerüche der Grillstellen und die drallen Pos der Sonnenanbeterinnen auf andere, viel einfachere Gedanken. Ich lebe lieber aus dem Bauch raus, von Moment zu Moment, und hol mir erst mal ein paar Halbe am Kiosk. Isarwasser, Sonnenschein, Kiesbank und Augustiner Hell wie im Paradies. Mit jeder Flasche wird das Paradies friedlicher und nach der fünften bin ich schon wieder mit der Welt im Reinen. Auto verkaufen, Schulden zahlen, meine Therapeutin aus der Wohnung schmeißen und nie mehr an Monster denken. Verdammt, das hätte es ja jetzt nicht gebraucht. Immer diese scheiß Abschweifungen. Irgendwie muss ich die Monsterfrage lösen. Die Angst im Bauch bei diesen Gedanken beweist mir die Dringlichkeit dieses Problems. Ich muss wissen, was es mit diesen Viechern auf sich hat. Ich gönne diesen Ärschen ihre Rechthaberei nicht. Ich bin kein Säufer kurz vorm Delirium und blöd gekifft bin ich schon lange nicht. Überhaupt gibt es auf der ganzen Welt nicht so viele Drogen, um so ein Idiot zu werden wie meine so genannten Freunde. Dieses dumpfe Dahinvegetieren in arroganter Selbstüberschätzung und kritikloser Bejahung der eigenen Schalheit widert mich an seit ich atmen kann. Selbstkritik und Zweifel an der Nabelschau sind Stärken und keine Schwächen. Immer wenn ich allein bin, fällt mir geniales Zeug ein, bin ich aber in Gesellschaft, kotze ich ab und lall bloß blöd rum. Die Menschen wissen nichts von meiner Genialität. Vor lauter Selbstgesprächen bemerke ich die Regenwolken erst viel zu spät. Die meisten Leute sind schon weg, nur ich sitze fast allein an der Isar und unterhalte mich so angestrengt mit mir, dass es eigentlich wurscht wäre, wo ich bin, ich krieg ja sowieso nichts mit. Auf auf zum Bus. Als ich am Tierpark bin, triefe ich schon vor Nässe. Endlich das Bushäuschen, aber hier gibt es nicht nur Zuflucht vor dem Regen, sondern auch einen abstoßenden Penner, der die ganze Bank für sich beansprucht. Aber lieber eine stinkende Alkoholleiche als im Regen stehen. »Setz di ruhig her, brauchst koa Angst habn, i bin da Wolfi und hob a scho a moi bessare Zeitn gseng. Do, mogst an Schluck?« Er reicht mir eine Flasche, mit irgend was Schnaps. Ich nehm das Teil, Augen zu, runter und Wow! »He, ganz schön guter Geschmack für so nen abgefuckten Penner.« »Du glaubst bloß, was du sigst, und wofür man di dresird hod? Aba egal, he, pass amoi auf. Woast du, dass Obabayern a Jodmangelgebiet is? Host du des gwusst?« »Ja klar, jeder lernt des in der Schule.« »He, Schlauberger, Wahnsinn, da Anda, a Klugscheissa, mei hob i wida an Schnaps vor die Perlen gschütt, oda so. Na, is a Wurscht, jedenfalls du hearst mia jezd zu, host mi! Ha, Depp elendiga, oiso a Jodmangelgebiet, und vom Jodmangl kriagt ma an Kropf, vastehst? Oiso, an Kropf kriagt ma davo und mit am Kropf ko ma bessa Jodln, host mi. Host du di scho amoi gfragt, warum des Jodln Jodln hoast wenn's vom Jodmangl kimt? Vastehst mi, du Oarschloch, he, host mi? Depp damischa! Do, drink noamoi an Schluck!« »Mei oh mei, so ein voll abgefuckter dummer Penner wie du hat mir jetzt gerade noch gefehlt! Pass auf, oder ich mach dich platt, du dumme Sau. He mir sind Monster nachg`jagt, und ich hab mein Nebenjob verlorn, wegen diesen Viechern und keine Sau glaubt's mir, und sogar Myriam hält mich für an Pflegefall und nimmt mich nicht für voll. Du Arsch, hau bloß ab mit deine scheiß

Stories und hau noch mal die Flasche rüber.« »Du moanst ned die Monster, du moanst die Züchter, du arme Sau. Na ja, vielleicht kommst du ja drüber weg.« »Was sagst du da? Welche Züchter?« »Also, woast du, dass Oberbayern a Jodmangelgebiet is?« »Welche Züchter, was hast du da grad gsagt?« Wie ein Wahnsinniger schreie ich ihn an. Aber er lallt nur einen auf vom Jodmangel und so Scheiß. Da ist leider nichts mehr aus ihm herauszubekommen und ich gebs dann einfach auf. Vielleicht bilde ich mir ja auch nur was ein. Scheißegal, da kommt der Bus und ich will heim.

4 Jobende

Ein heißes Bad und trockene Klamotten. Außerdem hab ich ja auch so was wie einen Job. Die Hühnerscheiße kratzen ist ja bloß ein Nebenjob gewesen. Also heim und checken, was so anliegt. Heute nichts, aber für morgen volles Programm. Einer meiner Kunden will seinen Mac-Klone up-to-date rüsten. Na ja, ein neuer Rechner wäre besser, aber ich freu mich, Macs konfigurieren und alle Wünsche der Kunden erfüllen ist ja mein Job. Dieser will unbedingt seinen Umax- Pulsar 604 SP auf den neuesten Stand der Technik bringen. Also, flugs Mac OS 9.1 installiert, und Moment! Da gibt es Probleme mit dem Klone. Klone, weil nicht von Apple, sondern einer anderen Firma. Diese wird seit einiger Zeit von Apple softwaremäßig nicht mehr unterstützt. Also sind kreative Lösungen gefragt. Da schmeiß ich erst mal die Start-CD rein und starte vom CD-Laufwerk. Dann installiere ich das Ding. Alles easy, jetzt nur noch die Software drauf, Freehand, Flash, Dreamweaver, Photoshop und QuarkXpress. Selber Schuld, wenn er nicht InDesign benutzt. Danach schmeiß ich ihm noch Sound Studio drauf, ein Analog zu Digital Programm und zum Mischen und Aufpeppen alter LPs fürs digitale Zeitalter. Deswegen will er auch seinen Umax behalten. Sentimentaler Spinner, aber er zahlt. Als ich die Kiste hochfahre, ist er hocherfreut und fängt sofort an, LP´s zu digitalisieren. Das hätte er mal lieber bleiben lassen. Der Rechner friert ein. Als ich einen Neustart wage, kommt die Meldung, Rechner kann einige CD Formate nicht lesen. Super, das hat grade noch gefehlt. Mit gedrückter Umschalttaste geht's an die Systemerweiterungen. Aktivieren, deaktivieren, probieren, schon sind zwei Stunden vergangen. Der Kerl motzt schon rum und ich sage ihm, er soll Geduld haben. Im Internet surfe ich nach Infos und brenne nach Anweisungen zu alten Clones eine Start-CD. Dazu nehme ich das CD-Rom-Toolkit von Mac OS 7.5 und kopiere es auf den Schreibtisch. Dann kopiere ich die Mac OS 9 Start-CD auf den Schreibtisch und tausch alle neuen CD-Erweiterungen von Apple gegen die vom CD-Rom-Toolkit und installiere es sauber. Als ich hochfahre, hab ich wohl was vergessen, denn er verweigert den Start. Genervt und kurz entschlossen stecke ich die Festplatte aus um den Rechner zu zwingen, von der CD zu starten. Der Erfolg: Er streikt und geht gar nicht mehr an. Da ich Profi bin, setze ich das Motherboard zurück, ausgesteckt natürlich, stöpsle alles ein und will starten. Nichts geht, erst nach fünf bis sechs Versuchen fährt der Rechner hoch und hängt wieder, ich schalt aus, versuch`s noch mal und kotze. Der Typ mault rum und will die letzten Stunden nicht zahlen. Ich bin genervt und seh einen roten Schalter am Netzkasten. Da steht 15, dann ist da ein Schieberegler, und dann steht da 30. Ich denk an die verschiedenen Stromarten auf der

Welt, mir kommt die ruhmreiche Idee, das könnte 215 bis 230 Volt bedeuten. Da schieb ich ein bisschen mehr zu 220, wie wir es hier haben. Etwas zu viel vielleicht, denn als ich den Rechner wieder anstecke, gibt's einen lauten Knall, es dampft und stinkt. Ich bin schockiert, so was ist mir noch nie passiert. Als ich mir die Zahlen genauer anschaue entdecke ich unter der Abdeckung noch jeweils eine Zahl davor: 115 und 230. Da fällt es mir wie Schuppen von den Augen. USA und Europa. Scheiße alles versaut und auch noch selbst schuld. Der Typ will ein Leihgerät und schimpft, droht mit seinem Anwalt und macht Stress. Ich bestell erst mal ein neues Netzteil und sage ihm, dass ich in ein paar Tagen, wenn das Netz-teil da ist wiederkomme. Für alles andere soll er meinen Boss an-rufen und mich am Arsch lecken. Als ich ins Büro komme, hat mein zufriedener Kunde schon angerufen. Ich sehe das sofort an Tobias Gesichtsausdruck. Tobias Henrich ist der Boss von H&S Ser-vice und außer mir der einzige in der Firma der sich mit Macintosh Betriebssystemen auskennt. Alle anderen sind Dosenfetischisten und dadurch bin ich konkurrenzlos in meinem Job. »Hannes, komm doch mal in mein Büro!« »Hat Herr Ganzlhuber schon ange-rufen und sich beschwert?« »Ja, und ich muss sagen er hat recht, du hast totalen Mist gebaut.« »Du hast dir noch gar nicht ange-hört was ich dazu zu sagen habe.« »Das brauch ich auch gar nicht, denn du hast so dämliche Anfängerfehler gemacht, dass wir einen guten Kunden verloren haben. Außerdem kennt Ganzlhuber als Grafiker von Ruf einen Haufen Leute und er war so sauer, dass er versprochen hat alle Kollegen vor uns zu warnen. Das ist auch nicht das erste Mal, dass du totale Scheiße baust, aber so einen kompletten Mist, so was schlägt dem Fass den Boden aus. Außerdem hast du dir bis heute noch nicht einmal das neue Mac OS zehn angeschaut. Die CD liegt immer noch ungeöffnet auf deinem Schreibtisch.« »Werd nicht unfair, alle Kunden arbeiten noch mit dem Achter oder Neuner. Außerdem kotzt es mich tierisch an, dass jahrelange Erfahrung und Routine dahin sein soll, bloß weil Apple auf so ein scheiß System umstellt, das sowieso keine Sau braucht.« »Ich hab Dario mit der Systempflege und Installation des Zehners betraut, du bist raus und beim Classic würde ich an deiner Stelle die Schnauze nicht so weit aufreißen, deine blöden Anfängerfehler kotzen mich an. Du gefährdest alles, was ich im Apple-Bereich aufgebaut habe. Wenn du noch einmal Mist baust, fliegst du. Die Ersatzteile für Ganzlhuber zahlst du, er bekommt deinen G3 als Austauschgerät, du fährst es ihm sofort noch hin, installierst noch heute alle seine Programme, entschuldigst dich bei ihm, betreust ihn bis Jahresende kostenlos und jetzt verpiss dich!« »Spinnst du, Tobi, das kannst du nicht bringen! Scheiß auf den Ganzlhuber, ich kann auch ohne dieses Arschloch leben.« »Aber ich nicht, vergiss nicht, 50% gehören mir, alle Kunden kommen von mir und ich bin der Boss. Wir machen das so, wie ich gesagt habe, oder du brauchst hier nicht mehr zu arbeiten. Die 50%, die ich bei Ganzlhuber verliere stelle ich dir in Rechnung, wenn ich auch nur noch ein einziges Widerwort höre. So, jetzt geh, sonst besuche ich ab morgen unsere Apple-Kundschaft.« Ich schau auf den Boden, damit er nicht die Tränen in meinen Augen sieht, und verpiss mich ganz schnell an meinen Schreibtisch. Super, heute Abend also bei Ganzlhuber. Als ich klingle, dauert es etwas bis die Tür aufgeht. Dann steht Ganzlhuber vor mir, einsneunzig groß, sicher 120 Kilo schwer, sein Gesicht, das mehr an ein Schwein kurz vor der Schlachtbank als an einen Menschen erinnert, ist von einem dicken hässlichen Schnurrbart entstellt. Er trägt einen seidenen schwarzen Bademantel und schwarze Plüschhausschuhe. In der Hand hält er einen Kognakschwenker. »Hannes, da sind sie ja endlich, oh, wie ich sehe, haben sie meinen Austauschrechner ja schon dabei. Kommen sie erst mal rein und setzen sie sich! Wollen sie vielleicht auch einen Kognak?« »Ich will eigentlich nur schnell die Programme installieren und dann weiter, Herr Ganzlhuber.« »Nenn mich Klaus, Hannes! Ich glaube, ich muss mich für mein schlechtes Benehmen heute Nachmittag entschuldigen.« Ganzlhuber klopft mir vertraulich auf die Schulter. Ich bin etwas verunsichert. »Manchmal steh ich ganz schön unter Dampf, da war mir deine Rumpfuscherei gerade recht, um mich abzureagieren. Du bist doch nicht sauer?« »Nein, Herr Ganzel, äh Klaus, nicht sauer, kein Problem. Hab ja auch wirklich Mist gebaut.« »Setz dich«, er

schiebt mich zum Sofa. »Wir rauchen jetzt erst mal eine Friedens-
pfeife und trinken einen Kognak.« »Ich muss noch deine Programme installieren.« »Das kann morgen Jeanette machen, meine
Praktikantin. Das kleine dumme Ding will auch beschäftigt sein.
Deine Zeit kannst du sinnvoller nutzen.« Er zieht einen fetten Dübel aus einer Schublade. »Kannst deinen Mund wieder schließen,
ich hab gelogen, ich hab keine Pfeife, wir müssen mit einer Frie-
denstüte vorlieb nehmen. Dabei fällt mir ein Witz ein. Eine alte
Frau steht an der Kasse eines Supermarktes. Fragt sie der Verkäufer: »Wollen sie eine Tüte, meine Dame?« Darauf sie: »Nein, bitte
nicht, da vergesse ich wieder die Hälfte!« Während wir lachen,
zündet Klaus den Dübel an und reicht ihn mir sofort rüber. Nach
dem ersten Zug bin ich schon total dicht. »Oh Mann, oh, oh, wow,
ich glaub, mich beamts weg. Teuflisch gut, das Zeug! Ich hab
schon ewig nichts mehr geraucht.« »Ja, super Zeug, direkt aus
Indien mitgebracht, eine echte Rarität. Wie lange warst du nüchtern?« »Keine Sekunde, ich hab bloß schon mindestens fünf Tage
nichts mehr geraucht. « »Hier, Hannes, nimm einen Kognak, kipp
dir ordentlich einen hinter die Binde.« Schweigend rauchen wir
den Dübel. Ich hab wirklich große Schwierigkeiten, ihn zu Ende
zu rauchen, so zu bin ich. Hätte nicht gedacht, dass der Ganzlhuber auch so locker sein kann. Das erzähl ich Tobi besser nicht.
»Hast du eine Frau, Hannes?« »Ja!« »Du bist wohl eher ein
schweigsamer Typ?« »Ja, Klaus.« Wir sitzen da, trinken Kognak,

Klaus baut noch einen und schenkt ständig Kognak nach. Auch wenn mein Glas noch nicht leer ist. »Ja, weißt du, Klaus, zurzeit hab ich irgendwie ne Pechsträhne. Es läuft nicht mehr rund, und ich frag mich, wer ich wirklich bin und was das alles soll.« »Danach geht's dir besser«, er reicht mir die nächste Tüte.» Altes Hausrezept, von meiner Großmutter.« Wir lachen, trinken und rauchen. Plötzlich steht er auf und läuft wie ein Wilder im Zimmer auf und ab. Er holt ein Glas aus dem Regal und hält es mir unter die Nase. »Weißt du, was das ist? Siehst du den Schlamm und Dreck in diesem Glas? Lauter Dreck und Mist. Schmutz und Scheiße.« Tränen stehen in seinen Augen. »Das ist das Leben, überall Sumpf und Dreck. Eingesperrt in der eigenen Scheiße, so wie das hier in diesem Glas. Siehst du diesen Trieb? Siehst du diesen grünen Trieb, der aus all dem Dreck hervorsprießt? Siehst du ihn?« Er schreit.»Ja, ich seh ihn, Klaus, ich seh ihn«, lall ich ihn an und fall dabei aufs Sofa, bleischwer und kaum fähig, die Augen offen zu halten. »Trotz der ganzen Scheiße und des Drecks erhebt sich dieser Lotus zum Leben. Er steigt auf und will leben. So wie ich, ich bin wie dieser Lotus, ich will auch leben. Auch ich habe ein Recht auf Leben.« Ich knacke weg. Als ich die Augen wieder aufbekomme, schaue ich direkt in Klaus´ Augen, sie sind über mir. Seine Zunge fährt mir übers Gesicht, und noch eh ich checke, was abgeht, spüre ich, wie er auf meinen nackten Bauch abspritzt. Mein T-Shirt ist hochgezogen und meine Hosen hängen an den

Knien. Er stöhnt, sein Kopf gleitet an mir runter und er nimmt meinen Schwanz in den Mund. Sein Schnurrbart kratzt mich und es ist einfach ekelhaft. Ich krieg kein Wort raus und bin wie gelähmt. Da wird mein Schwanz auch noch steif. Es ist das erste Mal in meinem Leben, dass ich total angeekelt bin, als mein Ding steht. Ich fühl mich unbeschreiblich mies und leer. Er kommt hoch und nimmt mich in den Arm. »Ich liebe dein junges zartes Fleisch, Hannes.« Ich stehe auf und gehe ins Bad, dabei stoß ich überall an, wo es nur möglich ist. Ich will mich waschen, zieh mich aber lieber schnell an, nur hier raus, denke ich. Tränen laufen mir übers Gesicht. Ich geh zur Tür, sie ist verschlossen, und lässt sich nicht öffnen. »Ich geh jetzt, mach die Tür auf!« Klaus kommt, kniet sich vor mich hin, schaut mich an und sagt: »Ich will dir noch einen blasen Hannes, dir gefällt`s doch. Los, komm schon.« »Ich will heim, mach bitte die Tür auf!« Er rennt zum Fenster und zieht es auf. Es ist ein großes Schiebefenster. »Wenn du gehen willst, musst du zum Fenster rausspringen, da bitte, geh doch!« Ich laufe los, um aus dem Fenster zu springen, stolpere jedoch über den Samowar, der neben dem Sofa steht und krache voll gegen die Heizung. Klaus geht zur Tür, zieht den Schlüssel aus seiner Hosentasche und sperrt auf. »Dann geh doch, wenn du unbedingt willst! Wir hätten es noch sehr schön haben können. Du kannst jederzeit wiederkommen,   wenn du es dir anders überlegt hast. Ich bin immer für dich da.« Ich renn aus der Wohnung, heulend auf die Strasse und zu Fuß nach Hause. Myriam ist Gott sei Dank nicht da und ich stell mich erst mal unter die Dusche und wein immer noch, Alle meine Klamotten reiß ich mir runter und ab in die Mülltüte damit. Ich fühl mich so dreckig und schuldig und schlecht und minderwertig und niemand, der nicht schon mal Ähnliches erlebt hat, kann nachvollziehen, wie man sich wirklich dabei fühlt. Ich glaub, ich krieg das nie mehr runter. Weinend kuschle ich mich in mein Bett, will mich vor der ganzen Welt verstecken und nie mehr andere Leute sehen. Menschen sind wie böse Monster, vertraue niemandem und sei immer auf der Hut. Nur ich bin zart, jetzt wünsche ich mir die Stofftiere meiner Kindheit zurück und den Schutz meiner Oma. Wie ich immer meinen Kopf auf ihren Schoß legen durfte, während sie mich am Kopf gestreichelt hat. Ein wohliger Schauer verbunden mit einem zarten Gefühl von Vertrauen und Sicherheit umgab dann immer meinen Körper. Es war nur ein leichter Schleier und ich hütete mich stets davor etwas zu denken oder mich gar zu bewegen, nur um dieses Gefühl des geborgen seins möglichst lange zu spüren. Ja, jetzt vermisse ich meine liebe liebe Oma. Ich muss schon wieder weinen. Warum musste sie sterben, warum ist die Welt so grausam, bin ich etwa schuld? Weinend schlafe ich ein. Als ich am nächsten Morgen in die Arbeit komme ruft mich Tobi sofort in sein Büro. »Hannes, du spinnst wohl total, oder?« »Was is los Tobi, was liegt jetzt schon wieder an?« »Was liegt an? Sag mal, willst du mich verarschen? Was du gestern beim Ganzlhuber abgezogen hast, war ja so wie eine Kündigung. Spinnst du total, einen unserer besten Kunden so zu behandeln?« »Spinnst du, Tobi, was hätte ich denn tun sollen? Ihm vielleicht einen blasen?« »Hör auf, Hannes, du hast dein Konto überstrapaziert, du bist gefeuert! Von mir kriegst du keinen Auftrag mehr.« »Was hat dir dieser Arsch erzählt? Red` schon!« »Du bist total bekifft bei ihm eingelaufen, hast dich geweigert, die Programme zu installieren, ihn als Schwuchtel übel beschimpft und in seiner Wohnung randaliert. Er will mir den Schaden in Rechnung stellen und den Computer behalten.« »Tobi, dieses blöde fette Schwein hat mich vergewaltigt. Ich schwöre, er hat mich besoffen gemacht, mit mir gekifft und ist über mich hergefallen, ich schwöre.« »Hör auf, Hannes, hör bitte auf, sonst hol ich die Männer mit den weißen Turnschuhen und lass dich nach Haar bringen. Der Ganzlhuber ist ein vollkommen integrer Kunde. Wir haben ihm über zwanzig Neukunden zu verdanken, er war auch immer sehr nachsichtig mit uns, hat immer pünktlich bezahlt, war fair und vor allem sehr menschlich. Außerdem glaub ich nicht, dass er schwul ist.« »Schwul nicht, aber ein perverses gewalttätiges Schwein. Eine Beleidigung für alle Schwulen, ihn schwul zu nennen. Er ist Abschaum, ein falsches Arschloch.« »Hannes, ist dir eigentlich keine Ausrede zu abgeschmackt und keine Entschuldigung zu abgedroschen? Schämst du dich nicht? Ist dir eigentlich klar, wie du immer mehr abfuckst? Es war reines

Mitleid und Nächstenliebe, dass ich dir die letzten Monate Aufträge gegeben habe, auch wegen Myriam, aber jetzt hab ich von dir endgültig die Schnauze voll. Raus!« »Fick sie doch gleich, du Arsch! Leute, die mir nicht glauben, haben mich auch nicht verdient. Wirst schon sehen, wie dein Laden den Bach runtergeht ohne mich, du bist der gleiche blöde Wichser wie der Ganzlhuber.« Ich reiße den i-Mac vom Tisch und werfe ihn auf den Boden. »Fick dich du Arschloch! Verrecke!« Nur raus aus diesem Laden, nur weg hier. Ich zittere am ganzen Leib, heule, schlucke, wimmere und weiß gar nicht mehr, was ich jetzt machen soll. Ich würde am liebsten sterben. Die nächsten zwei Tage bin ich nur daheim, wenn Myriam in der Arbeit ist, sonst fahr ich mit dem Auto in den Wald und bin froh, niemanden zu sehen.

5 Absturz

Ich wüsste nicht, wer mich jetzt aufmuntern könnte. Mein Handy ist die ganze Zeit ausgeschaltet. Langsam reift in mir ein Plan, um mein Leben konsequent in den Griff zu bekommen. Erster wichtigster, und wenn ich ehrlich bin, einziger Punkt ist, mit dem Verkauf meines Autos meine Schulden zu bezahlen und vielleicht noch etwas übrig zu haben, bis ein neuer Job hergeht. Da ich bei Tobi freiberuflich gearbeitet habe, ist leider nichts mit Arbeitslosengeld. Die besten Preise für Gebrauchtautos erzielt man immer noch im Osten. Autoatlas auf und nachgeschaut. Da Görlitz, gleich an der polnischen Grenze. Super, auf nach Görlitz. Ostumgehung, Nürnberger Autobahn, dann durchs Altmühltal an Nürnberg vorbei, Bayreuth, Hof und »Willkommen in Sachsen.« Das erste Mal, dass ich im Osten bin. Als echter Münchner fährt man zwar zu jeder sich bietenden Gelegenheit in den Süden, die Berge, die Seen, Österreich für Hart gesottene, Tirol für die, die Straßenraub lieben, und Südtirol und Norditalien für Genießer, aber nördlich von München kennt sich doch niemand aus. Die meisten Münchner glauben, Bayern endet hinter Freising, und Deutschland, wer interessiert sich schon für diese Berliner Geldvernichtungsmaschine, die unser Leben so versaut? Ich jedenfalls nicht und deswegen staune ich nicht schlecht, als ich über dreispurige Highways an riesigen Shopping-Centern in Chemnitz und Dresden, Richtung Görlitz vorbeirausche. Das Land hinter Dresden zieht mich sofort in seinen Bann. Weite endlos scheinende flache Landschaften. Mit etwas Phantasie kann man sich vorstellen, hier am Beginn einer endlosen Weite zu stehen, die sich über Polen bis ins tiefste Russland zieht. Die Weite und Größe lädt dazu ein immer weiter und weiter zu fahren. So müssen sich vor Hunderten von Jahren auch viele deutsche Siedler gefühlt haben, die in den Weiten des Ostens, am Baltikum und in Russland ihr Glück gesucht haben. Was für ein unglaubliches Glück für uns Europäer, nicht mehr geteilt zu sein! Eine ursprüngliche Wildheit und Weite erschließt sich. Als ich hier lang fahre, werde ich fast euphorisch vor Begeisterung. Keine Alpen stören den Blick zum Horizont. Görlitz schläft schon, als ich ankomme. Schnell in einen McDonald zum Abendessen, und dann wieder auf die Autobahn zum nächsten Parkplatz, um zu übernachten. Nirgends schläft man in seinem Auto so gut wie auf Autobahnparkplätzen. Am nächsten Morgen weckt mich die Sonne. Görlitz ist eine schöne alte Stadt, hier herrscht ein Zauber und Glanz, der in vielen anderen Städten durch die Moderne schon lange zerstört wurde. Aber Görlitz ist romantisch, ohne dabei langweilig zu sein. Auf den ersten Blick eine Stadt zum Verlieben. Mit freundlichen Bewohnern, die mir sehr gerne und freundlich erklären, wo ich mein Auto am besten verkaufe und wie ich hinkomme. Auf dem Automarkt bekomme ich gleich noch ein Schild und einen Gebrauchtwagen-Mustervertrag. Schild ausfüllen, Renault Megane dürfte sicher gut gehen, für 5500 € in top Zustand, na ja ein paar winzige Gebrauchsspuren hier und da, aber das ist ja ganz normal. Die ersten zwei Stunden geht jeder nur an meinem Auto vorbei und ignoriert es, da mach ich mich mal auf und schau mir so an, was die Konkurrenz zu bieten hat. Entsetzlich, alle anderen sind mindestens dreißig Prozent billiger. Scheiße, Scheiße, was mach ich hier, in Riem hätte ich diese Preise auch erzielt, wieder mal eine teure Aktion, die nichts bringt. 5500€ durchstreichen, 4299 € drauf schreiben und schon fangen einige an, sich dafür zu interessieren. Inzwischen ist es zwölf Uhr und ich hab die Schnauze gestrichen voll, nicht verkauft, aber endlos viel über kleine Minikratzer diskutiert und mich wegen des hohen Preises beschimpfen lassen. Für einige Menschen hier scheinen Bayern der letzte Dreck zu sein. Na ja, wer sich selbst nicht mag, der mag auch niemand anderen. Dann kommt da dieser Typ, irgend ein Araber aus Berlin, er handelt super und ich will nur noch heim. Also kriegt er mein Auto für 3700 Euro. Das war mein Mindestpreis, den ich auch in München locker erzielt hätte. Die Lust auf Polen ist mir vergangen. Ich lass mich von ihm noch zum Bahnhof bringen und nehme den nächsten Zug nach Hause. Als ich die Ticketpreise höre muss ich kotzen. Die Bahn ist ein sauteurer Scheißladen, für die Preise läuft man besser oder kauft sich ein Auto. Ich kauf ein Ticket bis Hof, um von dort mit dem Bayernticket nach München zu kommen. Die Zugfahrt ist sehr angenehm, endlich sehe ich auch die Landschaft abseits der Autobahn und bin begeistert. Schöne große Wälder, lange Alleen mit hohen Bäumen, weite großzügige Landschaften, mit leichten Hügeln am Horizont. Auch Dresden macht auf den Zugreisenden einen faszinierenden Eindruck. Es gibt sehr viele wunderschöne alte Häuser in dieser Stadt und ich wünsche mir ein reichliches Reisebudget für genaue Erkundigungen. In Hof kaufe ich mir das Bayernticket und jetzt geht die Sucherei los. Erst mal nehme ich einen Zug nach Bayreuth, von dort gelassen weitersehen, denn Zeit hab ich genug und Geld leider nicht. In Bayreuth gibt es einen Zug über Pegnitz nach Nürnberg, den ich sofort nehme. Von Nürnberg weiter über die Dörfer nach München, ohne Jägermeister und Bier kaum zu schaffen. Als ich in München ankomme, hat sich an meiner Lage nichts verändert. Finanziell war die Reise auch ein Flop. Da es Sonntag ist, beschließe ich am Hauptbahnhof einzukaufen. Ein Vorsatz, der bei genauer Betrachtung der Preise fast nicht zu verwirklichen ist. Unerschwinglich ist leicht untertrieben, aber es soll in München ja viele geben, die sich so was leisten können. Egal, lieber ein bisschen laufen und in der Gegend einen Döner kaufen. Raus auf die Schillerstraße. »Hast du eine Zigarette für mich?« Ich blicke auf, ein Riese in Pennerklamotten steht vor mir. Irgendwie sieht er nach vornehmem Penner mit Niveau aus, Klamotten Marke verarmter Adel. »Hier, bitte!« »Siehst ganz schön daneben aus«, sagt er und blickt neben mich ins Nichts. »Hallo, bist du noch da?«, frage ich. »Du glaubst wohl, ohne unaufhörliches Geschwätz geht es gar nicht, oder was? Nur weil du die ganze Zeit Gelaber in der Birne hast, muss nicht automatisch jeder so durchs Leben schlafwandeln wie du.« »Leute, trinkt Desperados, Millionen Küchenschaben können sich nicht irren.« Immer ein Lächeln und ein cooler Spruch auf den Lippen, ist mein Motto. »Du hast die Hosen voll!« Baku dreht sich um, geht davon und meine Lucky landet im Dreck. »Halt, Moment, geh nicht, woher weißt du?« Er kommt blitzschnell zurück, packt mich am Kragen. »Hör zu, und zwar richtig, ohne dabei zu denken, und ohne Geschwätz in deinem Kopf! Entspann dich!« Er lässt mich los und klopft mir freundschaftlich auf die Schulter. »Wie?« Er lacht. »Oh Gott, kannst du dümmlich blicken, und jetzt hör einfach zu! Du darfst mich auf einen Döner und ein Bier einladen, dann können wir uns noch etwas unterhalten.« Wir gehen bis zur nächsten Döner-Bar. Baku bestellt zwei Döner, extra scharf mit viel Knoblauch und zwei Bier. Ich bezahle, wir essen an einem Stehtisch auf Hockern, mit Blick auf die Straße. »Die Welt ist nicht nur von Menschen bevölkert. Es gibt noch ein anderes Volk. Viele Legenden berichten von diesem Mythos. Nur, es ist kein

Mythos.« »Was ist es dann?«»Eine vollkommen falsch überlieferte Tragikomödie. Es gibt das Volk der Nacht wirklich. Nur leben die Vampire nicht von Blut. Sie leben von Pisse. Menschen müssen sie voller Lust anpissen. Nur so können sie überleben. Deswegen sind sie fast ausgestorben.« Er mustert mich, blickt in meine Augen und fährt fort. »Normalerweise sage ich nichts und rede niemanden an. Bei dir hab ich eine Ausnahme gemacht, weil es so offensichtlich ist, dass ich dir helfen kann.« Er lacht kurz und fängt sich spontan eine ein. Mit seinem blöden Lachen im Gesicht fällt er vom Hocker. Alle in Sülos Dönerladen glotzen zu uns. Schnell spring ich auf. »Komm, lass dir helfen, du hast zu viel getrunken!« Während ich ihn nach oben ziehe, hau ich ihm kurz und mit meinem Körper verdeckt einen kurzen Faustschlag auf seinen Solarplexus. Er stöhnt und röchelt. »Ich helf dir raus, du verdammter Säufer! Komm Baku!« Er ist perplex und lässt sich von mir aus dem Laden ziehen. »Verpiss dich bloß, du dumme Drecksau, mein Bedarf an Perversen ist gedeckt.« Zum Abschied trete ich ihm noch in den Hintern. Zurück in Sülos Döner-Paradies. Noch während ich unschlüssig dastehe und nachdenke, bestelle ich automatisch ein Bier. Danach noch eines und dann ein drittes. Nach dem vierten hab ich Baku längst vergessen. Das Münchner Bier ist doch bei weitem das süffigste auf der ganzen Welt. Leute, die es verteufeln, sind üble Banausen, die nicht täglich trinken. Jemand, der täglich trinkt, weiß ganz genau, was ich meine. Die ganzen Menschen in Deutschland, die alle nach München wollen, kommen nicht wegen der Wohnungspreise, den Lebenshaltungskosten und dem Föhn. Nein, ganz klar, sie kommen wegen der Biergärten. Mit dem richtigen Pegel sieht alles ganz anders aus. Biertrinker aller Länder, willkommen in München. Mit einem Riesenschädel fahre ich nach Hause und schmeiß mich ins Bett. Ich schlafe ohne Störungen bis zum nächsten Mittag. Erst aufs Klo, dann zum Kühlschrank. Leer, genau, heute ist ja Myriams Einkaufstag. Ich darf mich nicht immer auf Andere verlassen. Erst mal ein Bad einlassen und vom Schlafen ausruhen. Als ich so in der Wanne liege, fällt mir ein, dass ich ja noch irgendwo ein Piece und etwas Gras habe. Nach dem Baden suche ich alles zusammen und mach mir einen schönen Tee. Zuerst kommt etwas Zucker in einen Topf, darüber wird das Piece aufgeflockt und das Gras hineingebröselt. Dann lässt man den Zucker karamellisieren und schüttet Wasser drüber und kocht alles auf. Fünf Minuten kochen lassen und dann trinken. Danach den Satz essen, nicht wegschmeißen. Am Morgen ein Joint und der Tag ist dein Freund, wie wird`s dann erst mit diesem Tee. Ich zieh mich an und los geht's in die Stadt. Wunderbar, ein Montag in der Stadt. Ich sitze auf einer Parkbank an der Postwiese und lasse mich von der Sonne anscheinen. Unglaublich, unglaublich, wie schön das Leben so sein kann! Alle Gedanken fallen von mir ab und ich fühle mich wie eine Buche im

Herbst. Unbeschwert wiege ich mich im Wind. So gut ging es mir seit meiner Kindheit nicht mehr. Ich bekomme Hunger und will zum Pariser Platz zu Mc-Donald gehen. Als ich aufstehe, fall ich sofort um. Zum Glück lande ich auf der Bank. Noch ein Versuch, ich lieg im Dreck. Ich versuch auf die Bank zu kommen, und knall mit dem Gesicht ans Holz. Irgendwie schaff ich es dann aber doch und sitze auf der Bank. Alles dreht sich und ich fang an zu reihern. Wohin? – Überallhin! Kann gar nicht beschreiben, was dann passiert. Ich versuche irgendwie, keinen Filmriss zu bekommen. Irgendwann steht ein Kerl vor mir. Blonde Haare, groß, unheimliche Augen. Spüre ein Ziehen an der linken Seite und einen ziemlichen Druck am Bauch. Ich weiß nur eins, dieser Kerl ist mein Tod. Mit letzter Kraft springe ich auf, bloß weg hier. Dann steh ich auf der Pariser Straße, gegenüber dem Eiscafe, lehn an der Wand und versuche am Leben zu bleiben. Ich weiß, jetzt dass ich nie mehr trinke oder kiffe, wenn ich nur am Leben bleibe. Der Schweiß rinnt von meiner Stirn, ich hör ein Rauschen und denke: »Oh Gott, was ist das?« Mein Herz, mein Blut, alles höre ich und kann mich kaum noch halten. An was soll ich mich klammern? Was hilft jetzt? Keine Kraft mehr zum Angsthaben, nur noch atmen, ein und aus, nicht aufhören, atmen, alles Andere verliert an Bedeutung. Atmen, nur noch atmen. Irgendwie schlepp ich mich weiter. Da seh ich das gelbe Zeichen. Rein und aufs Klo. Im Spiegel seh ich irgendwas Weißes mit knallroten Augen. Wasser läuft über meine Hände und über mein Gesicht, lange lange Zeit und atmen, atmen, nur nicht aufhören, immer immer immer weiter und so fort und nicht aufhören. Dann steh ich an der Theke. »Fünf Eis, drei Shake, und ein großes Wasser bitte, sonst nichts!« Ich leg zwanzig Euro auf den Tisch, warte auf das Zeug und geh auf eines der schönen Mäckie-Sofas. Mit jedem Löffel kommt das Leben zu mir zurück. Eis und Shakes retteten ein Leben! Was für eine schöne Schlagzeile. Lange sitze ich da und löffle so vor mich hin, ab und an ein Schluck Milchshake. Löffel für Löffel, Schluck für Schluck. Ich steh auf und hol Nachschub.

Später sitz ich in der S-Bahn. Zwei Tussen unterhalten sich über ihre Autos. BMW und Mercedes, sie sind höchstens neunzehn und tun furchtbar wichtig. Solche Zuchtschweine gegenüber zu haben, schmerzt unheimlich in meinem Zustand. Ich bin voll beschäftigt damit, am Leben zu bleiben. Sehr hart, die Haltestellen zu checken. Ich gelobe, nie mehr zu kiffen, wenn ich am Leben bleiben sollte. Ich hätte meine Seele verkauft für Besserung, aber niemand wollte sie haben. Hatte ich sie schon verkauft, oder war ich einfach schon in der Hölle? Die Hure Babylon meine Braut, beten wir schon lange die Bestie an? Den Euro, was auch immer. Muss ich mich überhaupt noch vor irgend etwas fürchten? Ich bin ein Nichts, meine schlimmsten Ängste brechen über mich herein. Dazu noch diese Schwäche, bin völlig hilflos. Die Bahn hält, die Tussies schauen mich an und sind entsetzt, ein Untoter sitzt neben ihnen. Ich schlepp mich aus dem Zug, Straße entlang, alles wird dumpfer. Atmen, Schritte und völlig überflüssige Gedanken. Nie waren sie so unnütz wie heute. Irgendwann daheim, und weg. Durst, Durst, ich kriech zum Kühlschrank und hol mir Mineralwasser. Ich fühl mich satt, fertig und voll. Immer irgendwas, nie ein Moment der Stille. Immer nur Trinken, Rauchen, Sex und zum nächsten. Wenn nichts mehr hilft wird gefressen. Kühlschrank auf und ran an die Eier. Olivenöl in die Pfanne, Knoblauch drüber, natürlich gepresst. Bei leichter Flamme anbraten, bis der Knoblauch leicht braun wird, dann etwas Pfeffer und Himalajasalz drauf. Ein frisch geschnittenes Krustenbrot freut sich darauf, ein Bad darin zu nehmen. Wenn es so richtig vor Fett trieft, wird es mit Tabasco bestrichen, Tomaten und Zwiebeln in die Pfanne, Brot zum Warmhalten in den Ofen und frische Kräuter vom Balkon aufs Gemüse. Oregano, Schnittlauch, Salbei, Pfefferminze, Basilikum, Rosmarin und mein Favorit, Zitronenmelisse, bringen Leben und Geschmack in die Kupferpfanne mit den schwarzen Flecken. Zum Schluss ein Ei drüber und mit kräftig Tabasco abschmecken. Aufs Brot dazu ein Cappuccino. So wird man wach. Scheiß aufs Wachwerden. Irgendwas läuft komplett an mir vorbei, wenn ich ehrlich bin, einfach alles. Mein ganzes Leben steht Kopf und alles was mir dazu einfällt, ist die tägliche Volldröhnung. Aber ist nüchtern bleiben eine Lösung? Meine Frau fickt mit anderen Männern, meine Jobs haben sich in Nichts aufgelöst, ich sehe Monster, die sonst niemand wahrnimmt. Alles was mir dazu einfällt, ist, mich täglich zu besaufen und zu bekiffen. Was halt so hergeht. So beim Denken baue ich schon wieder die nächste Pfeife. Erst mal rein damit, is sowieso das letzte kleine Piece. Die Welt sieht schon wieder langsamer aus. Das wirklich Angenehme beim Kiffen ist die Eigenschaft des Stoffes. Er bringt dich auf Distanz. Du bist in der Lage, einmal unbeteiligt um die Sache in der du so drinsteckst, herumzugehen und sie von allen Seiten zu betrachten. Das schafft Abstand und Distanz zu deinen Problemen. Egal wie hektisch unsere Zeit auch zu sein scheint, aufs Wesentliche reduziert, ist es ganz einfach und naheliegend. Nur ich kann die Dinge in die Hand nehmen. Auf Hilfe warten hieße zu verfaulen. Es wäre doch viel zu einfach, jetzt einen auf vorbestimmtes Schicksal zu machen. Was immer ich jetzt auch tue, das Einzige, was ich wirklich weiß, ist, dass ich diesem Viech- was zum Teufel es auch sein mag- entkommen bin. Alles was sonst so passiert ist, ist nebensächlich. Die Hauptsache ist, dass ich entkommen bin. Wohin soll ich gehen, was ist zu tun? Viele Fragen und keine Antworten. Ein Geräusch an der Tür. Klingt wie ein Schlüssel. Da kommt Myriam in Begleitung zweier Männer. »Sind sie Herr Gimmil?« »Myriam, wer sind die Typen? Was is los?« »Beruhigen sie sich bitte, Herr Gimmil, ihre Lebensgefährtin hat uns gebeten mitzukommen, da sie offensichtlich einige Probleme haben, mit denen Frau Keidler alleine nicht fertig wird. Dürfen wir uns etwas bei ihnen umschauen?«

»Was? Wie bitte?« Ich glaub, der Boden unter meinen Füßen löst sich auf. Meine Knie zittern und ich hab den Wunsch, mich sofort wegbeamen zu lassen. »Wer zum Teufel sind sie? Was soll die Scheiße, Myriam?« »Du hast nicht auf mich reagiert, du brauchst Hilfe, Schatz.« »Dürfen wir uns in der Wohnung umsehen, Frau Keidler?« »Ja, bitte, wir haben doch schon alles besprochen. Darf ich unten im Auto auf sie warten?« »Ja, Klaus, bring sie bitte nach unten. Wir beide werden uns jetzt mal unterhalten, Herr Gimmil.« Entgeistert und nicht fähig, auch nur ein einziges Wort hervorzubringen geschweige denn zu denken, starre ich ihn an. »Ihre Lebensgefährtin ist verzweifelt, sie macht sich große Sorgen um sie und hat uns um Hilfe gebeten. Sie können uns unsere Arbeit erleichtern und uns gleich sagen, wo sie die Drogen versteckt haben. Wenn sie kooperativ sind, kann sich das vor Gericht positiv für sie auswirken.« Ich glaub`s nicht, hat sich Myriam bei den Bullen über mich ausgelassen. Ein Glück, dass sie so geil ist, sonst wäre ich jetzt auch noch wegen angeblicher Vergewaltigung dran. Ich schau den Typen nur fassungslos an. »Wer sind sie eigentlich?« Er kramt einen Ausweis aus der Tasche. »Wanninger, Drogendezernat, und das ist mein Kollege Albert.« Er deutet auf Klaus, der soeben wieder die Treppen hochgehechelt kommt. Die beiden fangen an, unsere Wohnung zu durchwühlen. »Was ist los, haben sie dafür überhaupt einen Durchsuchungsbefehl?« »Sie haben uns doch reingelassen, und ihre Lebensgefährtin hat uns ausdrücklich darum gebeten, in ihrer Wohnung nach Drogen zu suchen!« Tja, von wegen Rechte und so, die Jungs drehen alles so hin, wie sie es grade brauchen, und alleine mit zwei Drogenprofis hab ich sowieso keine Chance. Ich geh zum Telefon, heb den Hörer ab und will Martin bitten, schnell vorbeizukommen. »Das lassen wir mal schön bleiben« sagt Wanninger und nimmt mir den Hörer aus der Hand. »Ich will einen Zeugen anrufen«, protestiere ich. Er grinst mir blöd ins Gesicht. »Wozu denn, wir sind doch da. So, und jetzt pack endlich deine Drogen aus, sonst kommt ein Kollege von der Hundestaffel mit einem Drogenhund, und wir finden sowieso alles.« Er zieht eine Schublade aus dem Schrank und entleert sie auf den Fußboden. »Ihre Freundin hat uns genau gesagt, wie viele Drogen sie hier versteckt haben. Das sind mindestens zwei Jahre. Also arbeiten sie endlich mit uns zusammen!« Ich muss lachen, hab ich doch gestern alles konsumiert. War mein fast Todesrausch doch zu was nütze. Ich wollte ja sowieso damit aufhören. Aber alles scheint irgendwie surreal. Bis vor wenigen Tagen hatte ich noch zwei Jobs, eine Frau, die ich geliebt habe und viele Freunde. Jetzt stehen die Bullen in meiner Wohnung, gerufen von meiner Frau, meine Freunde halten mich für verrückt und meine Jobs sind Geschichte. »Kommen Sie, Hannes!« Klaus Albert klopft mir freundschaftlich auf die Schulter. »Ich will ihnen wirklich helfen. Ich werde meinen Kollegen zur Räson bringen, Sie zeigen uns Ihr Drogenversteck und nennen Ihre Hintermänner, Sie wissen schon, dort wo Sie den Stoff gekauft haben, dann machen Sie kurz Therapie und ehe Sie sich`s versehen, sind Sie schon wieder zurück bei Ihrer Frau. Das kann ich Ihnen versprechen.« »Wirklich?« Ich schau ihn vertrauensvoll an. »Sie wollen mir helfen? Am besten, Sie gehen sofort, dann hätten Sie mir wirklich geholfen!« »Hannes, so seien sie doch vernünftig. Ihre Frau hat uns um Hilfe gebeten, weil sie verzweifelt war, sie wußte sich nicht mehr zu helfen. Sie haben sie zur Verzweiflung getrieben. Das ist jetzt Ihre letzte Chance, seien Sie vernünftig und lassen Sie sich von uns helfen! Dafür sind wir doch schließlich da.« Während der Eine mich freundlich voll sülzt, wühlt der Andere alles gründlich durch. Sie finden nichts, wie auch. Dann kramt Wanninger sein Handy aus der Tasche und ruft den Kollegen mit dem Drogenhund. Albert quatscht mich freundschaftlich voll und will mir helfen. Alle Vorurteile sind wahr, guter Bulle - böser Bulle, und jetzt kommt gleich der Drogenhund. Sie versuchen mich jetzt zu zweit auf eine Aussage festzulegen, aber ich sage nur meinen Namen, mein Geburtsdatum, und dass ich selbstständig bin. Sag ihnen nichts von meinen verlorenen Jobs und auch sonst kein Wort. Muss ich übrigens auch nicht, auch wenn die so tun, als wäre das schon kriminell und würde mich dann bei Gericht reinreiten, ist es doch mein Grundrecht, meine Aussage zu verweigern und außer meinen Daten nichts von mir preiszugeben. Alles kann man später im Fall einer Anklage auch noch zusammen mit seinem Anwalt tun, ohne dass einem vor Gericht dadurch irgend ein Nachteil entstünde, und auch das sei hier kurz erwähnt, niemals sollte man sich von angeblichen Geständnissen, Aussagen Anderer oder Drogenhunden ins Bockshorn jagen lassen. »Sagen sie uns endlich, wo sie arbeiten, Herr Gimmil!« »Ich bin selbstständig.« »Was machen Sie da genau? Sie tun sich selbst keinen Gefallen, wenn Sie gegen uns arbeiten, der Staatsanwalt sieht so was nicht sehr gerne.« »Wie gesagt, ich bin selbstständig. Das muss reichen.« Da geht die Tür auf und ein uniformierter Beamter kommt mit einem Schäferhund in die Wohnung. »So, Herr Gimmil, jetzt finden wir sowieso alles, also Ihre letzte Chance. Holen Sie jetzt selbst Ihre Drogen aus ihrem Versteck! Das ist Ihre letzte Chance Ihr Strafmaß zu mindern.« »Wenn ich aber gar keine Drogen habe?« »Die Aussagen Ihrer Lebensgefährtin waren aber eindeutig. Los, arbeiten Sie endlich mit uns zusammen.« »Myriam hat Ihnen doch sicher auch gesagt, wo ich die angeblichen Drogen verstecke, oder? Sie haben alle meine Sachen durchwühlt und da war nichts. Dass meine Lebensgefährtin alles nur erfunden hat, weil sie vielleicht selber nicht mit ihrem Leben zurechtkommt, das ist Ihnen wohl nie in den Sinn gekommen? Sie terrorisieren mich hier und jetzt schleppen Sie auch noch diesen Hund an, obwohl, ich ihnen nie erlaubt habe, meine Wohnung zu durchsuchen, dringen Sie hier ohne richterliche Erlaubnis ein. Wer räumt mir das ganze Chaos hier auf?« Die beiden schauen mich an wie einen armen Irren, während der blöde Köter dröge durch die Wohnung stolpert. Ich hasse Hunde, und dieses Vieh ist das wohl dümmste, dass mir je untergekommen ist. Kein Wunder bei dem Job. Auch Knurri findet nichts und so trottet das ganze Gschwerl wieder ab. Ich setz mich auf einen Stuhl und starr erst mal die Wand an. Was Myriam da gebracht hat, ist einfach unglaublich. Sie schaut viel zu viel Fernsehen. Diese blöden Serien, reality TV- dazu ist das Zeug gemacht! Lauter kleine Denunzianten werden gezüchtet. Es scheint, die Staatspropaganda wird wieder heftiger. Viel subtiler natürlich als zu Adolfs Zeiten, aber dafür um so nachhaltiger. Mir reicht`s einfach nur.

6 Besinnung

Bei meiner Finanzlage wird es das Beste sein, ich such erst mal
einen Job. Arbeitslose, schlechte Konjunktur, Deutschland in der
Krise. Am besten, ich scheiß drauf und such trotzdem. Die Stel-
lenanzeigen werden auch immer dünner, sogar in München. Ge-
bäudereinigung, Spüler, Lagerist, eine super Auswahl. Ich brauch
Geld, mach den Job, weil er mich sowieso langweilt und auch keine Anforderungen stellt, ich aber sowieso nur meine Zeit verkaufe
und dafür Kohle will und Arschlecken. Nein, die wollen Texte wie,
das habe ich mir schon immer gewünscht, Scheißhäuser in acht
Etagen zu putzen und rauszufinden, dass Frauen genauso große
Drecksäue sind wie Männer. Es ist mir ein inneres Bedürfnis, die
Scheiße anderer Leute wegzuputzen. Ich finde es toll, wenn ich
den Angestellten der Firma helfen kann, sich beim Kacken optimal
zu entspannen, um dann noch produktiver zu sein. Irgendeine
Scheiße, warum ich genau diesen Job will, darauf stehen Perso-
nalchefs. Es stand in der Zeitung, ich brauch Geld und glaub mich
dabei nicht zu überarbeiten, die Firma ist nicht weit weg. Diese
einfache Wahrheit packt leider keiner dieser Chefs. Dabei kriegt
ein Hilfsarbeiter einen scheiß Lohn und dafür sind meine Gründe
edel und normal. Direkte Textung ist nicht gefragt im

schleimheiligen Deutschland. Egal, Augen zu und durch, wie man so schön sagt. Bei Myriam kann ich auf keinen Fall mehr bleiben, und aus der Wohnung kann ich sie nicht rausschmeißen, viel zu teuer. Also Wohnung und Job suchen in München. Das erfordert eine hundertachtzig-Grad-Wendung in meinem Leben.

Da pass ich mich schnell an und lüg das blaue vom Himmel runter. Super, von acht bis zwölf putzen, und wenn ich es gut mach, werd ich Vorarbeiter. Klar, bin auch der einzige hier, der deutsch spricht und versteht. Eine wahnsinnige Qualifikation. Egal, ich brauch den Job. 8,60€ in der Stunde mal 20 macht doch immerhin 172 Euro in der Woche. Der Reichtum küsst mich, na ja, jeder braucht mal Erfolg. 350 gehen für meine neue Zwölf- Quadratmeter-Luxuswohnung drauf, der Rest zum Verjubeln. Immerhin habe ich Myriam und alle Bekannten vom Hals. Niemand weiß, wo ich wohne, ich selbst muss aufpassen, es nicht zu vergessen, so klein ist meine Wohnung. Waschbecken, Kochplatte, kleiner Kühlschrank, gegenüber ein Kleiderschrank, eine Matratze und meine Anlage. Ein winziges Scheißhaus mit Puppendusche runden mein Luxusappartement in Schwabing ab. Ich brauche keinen Luxus. Jeden Morgen erscheine ich pünktlich zur Arbeit, die vier Stunden reiße ich schnell runter, im Kloputzen bin ich ein echter Könner. Ab Mittag bin ich zu Hause und lass mich mit billigem Bier volllaufen. Um neun Uhr falle ich stockbesoffen ins Bett, früh klingelt der Wecker und alles startet von vorne. Kiffen hab ich aufgehört, viel zu teuer. So nach vier bis fünf Wochen komme ich zur Ruhe und habe einen Tag ohne Rausch. Unglaublich, nüchtern zu sein an einem Nachmittag. Ich schau aus meinem Fenster, es regnet und der Herbst hat Schwabing grau gefärbt. Eine seltsame Unruhe steigt in mir hoch. Ständig will ich trinken, rauchen oder essen. Es gelingt mir aber, alles an mir vorbeiziehen zu lassen und weiter nur aus dem Fenster zu schauen. Die nächsten zwei Tage verlaufen identisch. Danach werde ich unruhig und beginne mich noch einmal genau an die Ereignisse der letzten Monate zu erinnern. Zum ersten Mal ist es mir auch möglich, mich an die letzte Nacht in der Hühnerfarm zu erinnern. Als ich die Ereignisse der Schreckensnacht noch einmal vor meinen inneren Augen vorbeiziehen lasse, befällt mich mit einemmal richtige Panik. Meine Knie beginnen zu zittern, ich spring auf und mach das Licht an und geh gleich darauf zum Kacken. Danach wird mir eiskalt und ich leg mich ins Bett und geh schlafen. Beim Einschlafen sehe ich die Ereignisse noch immer deutlich vor mir. Ich träume von meiner Kindheit, von meinen Eltern, darüber, was sie mir verboten und erlaubt haben. Davon, was ich als Kind geträumt habe. Einmal war ich im Traum unterwegs und habe viel Wildschwein gegessen. Als ich am Morgen aufwachte, war ich so satt, dass ich erst Mittags wieder Hunger hatte. Da wache ich auf und bemerke ein unglaubliches Gefühl in mir hochsteigen. All diese Jahre hatte ich so unnütz vergeudet. Festgelegt auf emotionale Muster meiner

Kindheit, die meine Eltern während meines Kleinkindalters in mich hineingebrannt hatten. Sie gaben mir dabei eine tief gehende emotionale Prägung von Unsicherheit, Selbstzweifel und Gier, die mein weiteres Leben bis jetzt bestimmt haben. Jetzt sehe ich zum ersten Mal, wie viel Zeit ich als Sklave dieser Prägung in meinem Leben vergeudet habe. Jahrzehntelang immer auf die gleichen Sachen mit dem selben Verhalten zu antworten. Das, was ich in mir habe, bestimmt die Definition meiner Wahrnehmung des Äußeren. Einer Verhaltensweise blind ausgeliefert zu sein, ohne zu wissen, dass sie dein Verhalten bestimmt, hat mit freiem Willen nichts zu tun. Es ist eine rein sklavische Existenz. Jedes mal wenn ich mich einigele und von Allem die Schnauze gestrichen voll habe, wenn ich mich zurückziehe und volllaufen lasse, tue ich genau dasselbe, wie ich es schon als Fünfjähriger getan habe. Das ist mir jetzt klar. Die Tage verstreichen. Langsam habe ich Angst, andere Menschen zu treffen. Ich melde mich bei Niemandem. Lese jetzt die ganze Zeit nach der Arbeit. Zuerst Saint Ex, der kleine Prinz. Ich kenne es jetzt fast auswendig, muss trotzdem jedes mal heulen. Danach Gebete an die Einsamkeit und dann das Buch überhaupt, der Golem von Gustav Meyrink. Ich bin total inspiriert. Dieses Buch ist eine Offenbarung für mich. Ich lese es und lese es nochmals und in der Arbeit sehne ich den Feierabend herbei, um mich sofort wieder in dieses Buch zu versenken. »Nur eins stand fest als bleibender Gewinn – die Erkenntnis: Die Reihe der

Begebenheiten im Leben ist eine Sackgasse, so breit und gangbar sie auch zu sein scheint. Die schmalen verborgenen Steige sind`s, die in die verlorene Heimat zurückführen: Das, was mit feiner, kaum sichtbarer Schrift in unserem Körper eingraviert ist, und nicht die scheußliche Narbe, die die Raspel des äußeren Lebens hinterlässt, birgt die Lösung der letzten Geheimnisse.« -Zitat aus -Der Golem- by Albert Langen Georg Müller Verlag GmbH München Wien- Die will ich finden, die verborgenen Steige meines Lebens, die letzten Geheimnisse, denn meine Angst ist unbeschreiblich, meine Angst wieder diesem Monster zu begegnen, ich will auf jeden Fall gewappnet sein. Auch will ich alles über mich wissen, um auf jeden Fall auszuschließen, dass ich einer Sinnestäuschung zum Opfer falle. Mache mir da doch manchmal so meine Sorgen, wenn ich an meinen Konsum denke. Aber in letzter Zeit hab ich ja alles gut im Griff. Da kommt der Moment, der mich aus meinem beschaulichem Selbstfindungstrip reißt. Mein Chef gibt mir Urlaub. Ein großes Problem. Weiß ich doch gar nicht was ich jetzt machen soll. Aber da springt`s mich auch schon an.

7 Prag

Prag, klar, ich fahre nach Prag. Die Stadt des Golems, die mystische Stadt, die Goldene Stadt. Auf nach Prag. Ausgerüstet mit meinem Golembuch, Reisetasche und Brotzeit steige ich in den Reisebus, um mir vier Tage Prag zu geben. Firstclass Hotel, Busfahrt und Frühstück für nur 129 Euro. Mit einer schönen Flasche Wein vergeht die Busfahrt wie im Flug. Wenn der Busfahrer nicht dauernd quatschen würde, wäre sogar mal an Schlaf zu denken. Aber diese Plaudertasche erzählt uns sein ganzes Leben und viele unwichtige Details über jedes tschechische Dorf, an dem wir vorbei gondeln. Langsam verstehe ich den Spruch mit den böhmischen Dörfern. Egal, Hauptsache, er fährt nirgends dagegen. Irgendwann kommen wir an, und ich schlepp meine Tasche in ein feudales Hotel. Frühstück gibt's bis zehn Uhr morgens. Auch diesmal werde ich es sicher verpennen. Wie soll man um diese Zeit wach sein, wenn man Urlaub hat? Das Zimmer ist echt klasse, so geil hab ich noch nie gewohnt. Im 20. Stock des Corinthia International Hotels mit Blick auf die Dächer von Prag. Irgendwo da draußen in der Vorstadt. Bad, Doppelbett, Fernsehen und Minibar, und alles sauber und edel. Irgendwie nichts für mich, aber saugeil. Fall aufs Bett und bin schon im Reich der Träume, weil hier kein

Busfahrer mehr labert. Als ich wieder aufwache, ist es draußen schon dunkel. Ich schmeiß meine Jacke über und mach mich auf die Socken. Nach einiger Zeit find ich die U-Bahn. Pankrac scheint die Station zu sein, zu der es am nächsten ist. Kennt man eine Stadt, kennt man alle. Das wichtigste ist, nicht dauernd rumzuglotzen und alles blöd anzustarren. Dann weiß jeder, dass du ein Tourist bist. Also cooler Blick, gelangweilt und immer so tun, als wärst du hier geboren. Als die U-Bahn kommt, steige ich ein und fahr nach Mustek. Die Typen hier schauen aus wie daheim. Museum raus und links runter, als täte ich es jeden Tag. Da komm ich auf einen großen Platz, Wahnsinnsfußgängerzone mit vielen alten Gebäuden. Unglaubliche Atmosphäre. Ich fühl mich gleich in die Zeit von Meyrink zurückversetzt und schlendere über den Platz. Vorbei sind alle guten Vorsätze, ich schaue in die Luft und drehe immer wieder meinen Kopf in jede Richtung und staune. Da eine kleine Gasse, ein Telekommunikationsladen und dahinter in einer Mauernische in Gold angestrahlt von Scheinwerfern steht er da und starrt mich an. Ich blicke dem Golem direkt in die Augen und erstarre vor Ehrfurcht. Ein riesiger muskulöser Kerl , an der Brust mit zwei Lederbändern zusammengeklebt, so, als würde er sonst auseinanderbrechen, den Kopf nach vorne gebeugt mit einem ergreifend traurigen Antlitz. Augen, Nase, Wangen und Mund schauen aus, als würde er genau wissen, was vom Leben zu erwarten ist. Auf der Stirn ein Diamant, der aussieht, als wäre er sein drittes Auge. Sieht man mit dem dritten besser? Scheiß drauf, ich geh weiter. Überall Schwarze, die in mittelalterlichen Kostümen Werbung verteilen. Schließlich komme ich an die Karlsbrücke. Der Übergang zwischen zwei Welten. Ohne jeden Respekt überquere ich die Brücke und höre ein leises Flüstern aus meinem Herzen, das mich daran erinnert, dass ich jetzt die wahre Welt betrete. Sofort versuche ich die zarte Einflüsterung zu übertönen. Da ein Schild, Jo`s Bar and Garage. Super, eine Kneipe nach meinem Geschmack. Alte Gewölbe mit hellen Farben laden zum Trinken ein. »Bitte?« Ich blicke auf. »Was willst du trinken?« Grüne Augen strahlen mich an. Lüsterne Wangen, sinnliche Lippen, umrahmt von blonden langen Haaren. Oberweite, sofern bei meinem Geschmack von Weite zu reden ist. Weit wird meistens nur mein Blick, weil ich kleine zarte süße Brüste sonst nur anstarren müsste, bis ich anfange zu sabbern. Noch nie habe ich verstanden, was Männer an diesen Riesendingern fasziniert. Frauen, die sich die Brust vergrößern lassen, sind in meinen Augen Perverse, die sofort in die Klapsmühle gehören. Ich bring kein Wort raus. Starre wie hypnotisiert. »Bier!« Sie lacht und geht weg. Als ich ihren Arsch sehe geht mir einer ab. Ich fühl mich geil und nervös wie ein pickeliger Teenager und etwa genau so souverän. Ein Typ stellt mir das Bier hin. Ein Kinn klappt runter. Sie fühlte sich wohl schon belästigt. Hätte nicht so starren sollen. Da geht sie durch die Bar und bringt ein paar Drinks nach hinten. Ein neuer Song und sie tanzt zurück. Nein, sie tanzt nicht wirklich, es ist, als würde sie in eine andere Welt entrückt. Eine Welt ohne Schwerkraft, ohne Probleme. Eine Welt der Sinnlichkeit und des Tanzes. Mein Herz schlägt tief. Ich spring auf, laufe zu ihr, küsse ihre Hand. »Du tanzt so schön.« Meine Gedanken fangen wieder an. Das gibt`s nicht. Zweifel, Misstrauen und Angst. Wird sie sich gleich bei ihrem Kollegen beschweren, dass sie von einem deutschen Touristen belästigt wird? Kommt er gleich, packt mich am Kragen und schmeißt mich raus? Fragen, Ängste, Zweifel und der verzweifelte Versuch, alles abzutun als Einbildung. Zum ersten Mal in meinem Leben ist mein Herz stärker. Einmal durchgeatmet und das Leben ist zu kurz, um auch noch ständig Angst zu haben. Wohlige Schauer laufen meinen Rücken runter. Es scheint sie nicht gestört zu haben, sie lächelt mich an. Zum Glück, kein Lokalverbot. Mein erster Abend in Prag und dann gleich Lokalverbot, das wäre doch zu heftig. Immer wieder muss ich sie anschauen, sie bemerkt es und lächelt mich an. Mein Herz schlägt schneller, ich werde merklich nervös, scheint so, als bin ich verliebt. So bleib ich in Joe`s Bar sitzen und beobachte die Frau meiner Träume. Wirklich was los hier. Scheint auch zu bestimmten Zeiten Treffpunkt der Amerikaner von Prag zu sein. Jedenfalls wird an den meisten Tischen laut amerikanisch geredet. So schnell geht`s mit der Frau der Träume, immer wieder muss ich an sie denken. Meine Gedanken bewegen sich im Kreis und ich bin unfähig, irgend etwas zu tun geschweige denn zu planen. Harre der Dinge, die da kommen, und spüre, wie meine Kehle wie zugeschnürt ist, wenn sie auch nur in meine Nähe kommt. Ich überlege, was ich wohl alles mit ihr reden könnte, wie es sich ergeben könnte, dass wir uns näher kommen. Müßige Träume, und ich bin mir dessen voll bewusst, aber kann nicht davon lassen. So vergeht die Zeit und meine Phantasie passt sich meinem jeweiligem Alkoholspiegel an. Normal vermisse ich Münchner Bier an jedem anderen Platz auf der Welt, aber hier in Prag ist das Bier so gut wie daheim. Überhaupt fange ich an, diese Stadt in mein Herz zu schließen. Bier für Bier rückt die Sperrstunde näher und irgendwann ist es dann soweit. Da kommt mir das Schicksal zu Hilfe. Meine Traumfrau packt zusammen und schickt sich an zu gehen. Die wenigen verbliebenen besoffenen Amis scheint der Typ alleine zu bewältigen. Ich zahle und hefte mich möglichst unauffällig an ihre Fersen. Eigentlich ziemlich blöd und gar nicht mein Stil, doch die beste Idee, die ich habe. Sie geht über die Karlsbrücke, die fast menschenleer ist. Als sie die Mitte der Brücke erreicht hat, will ich sie ansprechen und schließe zu ihr auf. Kurz bevor ich sie erreicht habe, sehe ich diese schleimigen Teile wieder, die ich schon für die Illusionen eines Alkoholikers hielt. Scheiß Monster kommen uns auf der Karlsbrücke entgegen. Sie bleibt stehen und schaut ebenfalls in Richtung der Monster. Panik überfällt mich. Ich streck den Finger aus. »Schnell weg, da, die Monster!« Ich pack meine

Liebste und will flüchten. »Du kannst sie also sehen?« »Was?« Ich
bin fassungslos. »Du kennst die Dinger?« »Keine Angst, komm
her! Ich weiß mit ihnen umzugehen. Komm zu mir!« Kurz zögere
ich, dann bin ich ganz nah bei ihr. Sie nimmt meine Hand, setzt
sich hin, ich dazu. Dann beginnt sie irgendwas in die Luft zu
zeichnen. Schaut mich kurz an, lächelt und sagt: »Brauchst keine
Angst zu haben, entspann dich! Wenn man weiß, was sie wollen
und wer sie sind, ist es möglich, sie loszuwerden. Bleib neben mir
und versuche, keine Angst zu zeigen! Angst lockt sie an und
macht sie wild.« Ich nicke, versuche ein Lächeln und hab eine
scheiß Angst. Die Monster kommen weiter auf uns zu, werden
schneller und schneller. »Ich liebe dich!«, schrei ich, voll Panik,
da wir gleich niedergemetzelt werden. Sie jagen voll Speed an uns
vorbei. Ich schrei wie ein Wahnsinniger. Mir bricht der Schweiß
aus. »Sie sind weg, alles ist vorbei.« Ich schaue sie an. »Wir kennen uns noch keine fünf Stunden und trotzdem bist du mir näher
und vertrauter als alle Menschen. Wie hast du das gemacht? Woher kennst du die Teile? Ich hab die ganze Zeit gedacht, ich wäre
verrückt und bilde mir diese Monster nur ein. Dann treffe ich dich
und, na ja, scheiß drauf. Erst mal brauch ich was zu trinken. Lass
uns in die nächste Bar gehen. Ich bin Hannes, wie heißt du?«
»Gut, Hannes, ich kenn hier in der Nähe eine Bar, ich heiße Marcella.« »Also los, nichts wie hin!« Die Bar gehört einem Russen,
bedeutet Exzess pur. Cocktails mit viel zu viel Alkohol zu Prager

Preisen. »Erzähl mir von den Monstern!« »Was weißt du denn über sie?« »Sie sind hässlich und machen mir Angst.« »Dann sollten wir die ganze Sache in aller Ruhe morgen besprechen.« »Gut, wenn du meinst. Ich kann`s locker abwarten. Bin jetzt eh langsam besoffen.« Marcella erzählt aus ihrem Leben, von ihrem Job, von ihren Träumen. Ich hör begeistert zu. Jedes ihrer Worte ist schöner als Musik. Ich bin unsterblich verliebt. Ab und zu hört sie auf zu erzählen und wir schauen uns lange in die Augen. Dann schließt die Bar und wir werden rausgeschmissen. »Wo wohnst du?« »Hotel Corinthia.« »Weit draußen, wir gehen besser zu mir.«

8 Liebe und Wahrheit

»Gerne.« Also los. Es ist ruhig, keine Sau auf der Straße. Marcella und ich torkeln durch die Gassen der Prager Altstadt. Wir bleiben beide gleichzeitig stehen, schauen uns an und ich ziehe sie zu mir her und fang an sie zu küssen. Sie schmilzt in meinen Armen. Nach einer Ewigkeit gehen wir weiter. Lange Umarmungen unterbrechen immer wieder unseren Weg. Irgendwann sind wir dann bei ihr. Als täten wir es jeden Tag, legen wir uns ins Bett ganz nah aneinander. Kein Geplapper, dafür geiles Ficken. Wären doch bloß alle Frauen auf der Welt so drauf. Wir würden im Paradies leben. Keine Kriege, keine Tumore, keinen Hass. Keine verklemmten Araber, keine verstockten Amis und keine besser wissenden Deutschen. Nur glückliche Menschen, die gute Ficks haben. Am nächsten Morgen wache ich auf, strecke mich und kann gar nicht glauben, was passiert ist. Ich blicke neben mich, tatsächlich das Bett ist leer. Da sehe ich auch schon eine nackte Schönheit aus dem Bad kommen. Kein Zweifel, es ist Marcella. Sie ist mir bekannt und vertraut. Es ist schwer zu erklären, aber mir kommt es vor, als wären wir schon ewig zusammen. Ich merke, dass mein Mund ausgetrocknet ist und in meinem Bauch rumort es. »Hallo, Liebster, geht`s dir gut?« Ihre Anrede klingt auch als würden wir uns ewig kennen. »Ja, mein Schatz, ich brauch nur ein bisschen, um auf die Beine zu kommen.« »Die Tür da vorne links geht ins Badezimmer. Ich mache uns inzwischen Frühstück.« Ihre Hand streichelt meine Stirn. Ich ziehe sie zu mir her, sie strahlt mich an. Zärtlich umarme ich sie, küsse sie und gehe dann langsam ins Bad. So verliebt war ich noch nie, diese Leichtigkeit kommt nicht vom Morgenschiss, sondern aus meinem Herzen. Glücklich verlasse ich das Bad. Sie blickt mir hingebungsvoll in die Augen. Zum ersten Mal weiß ich sicher, dass ich nie mehr eine andere Frau will. Ich schließe Marcella in die Arme, streichle sie zärtlich und beginne sie zu küssen. Sie erwidert meine Zärtlichkeiten und wir stehen eine Ewigkeit vor dem gedeckten Kaffeetisch. Man muss ja nicht immer reden. Gesten sagen mehr als tausend Worte. Noch nie fühlte ich mich so vertraut. Ich bin entschlossen, alles für diese Frau aufzugeben. Ich bleibe in Prag, werde irgendwas. Alles ist mir egal, ich will nur noch bei Marcella sein. Wir küssen uns ewig und gehen dabei zurück ins Bett. Ich bin ganz zärtlich und lieb. Sie vertraut sich mir ganz und gar an. Unbeschreibliche Momente. Wir reden die ganze Zeit kein Wort. Jedes mal wenn sie meine Haut berührt bin ich wie verzaubert. Als es dämmert, gehen wir zum Frühstückstisch. »Den Kaffee müssen wir neu machen!« »Ich glaub auch.« Wir lachen und umarmen uns. Es waren die ersten Worte seit heute morgen. Unglaublich, immer wieder unglaublich. »Ich liebe dich so sehr, Marcella. Du bist die Frau, die ich mein ganzes Leben lang gesucht habe. Ich will immer für dich da sein. Ich will dich immer lieben.« »Ich würde dir zu gerne glauben, aber du kennst mich ja gar nicht.« »Du hast dich mir total hingegeben. Hast mir ein Geschenk gemacht, wie man es nur einem Mann macht dem man total vertraut, und ich liebe dich.« »Ich war gestern so überrascht. Du bist der erste Mensch, der die Züchter auch sehen kann. Bis jetzt habe ich noch niemanden getroffen, der so sensibel und wach war, diese Bestien wahrzunehmen. Danach der Alkohol, ich vertrage keinen Alkohol, weißt du. Ich wusste selbst nicht, was ich tat. Ich will dir so gerne glauben, aber das wird erst die Zeit zeigen.« »Ich werde es dir beweisen, Baby.« Meine Sprache ist primitiv und einfach. Marcella dagegen spricht feinstes, vornehmes Deutsch. »Wieso sprichst du so feines, gutes Deutsch, Marcella?«»Ich habe mit meinem Vater in Hannover gelebt und meine Mutter war Deutsche. Sie starb vor fünf Jahren. Mein Vater und ich unterhalten uns immer auf deutsch. Er spricht Deutsch genauso gut wie Tschechisch.« »Warte, Marcella, sag nichts mehr!« Ich umarme sie. »Nicht jetzt, Hannes. Jetzt sollten wir reden. Wir müssen über diese Bestien reden. Du bist in Gefahr. Ich muss helfen, dir diese Biester vom Leib zu halten.« Auf einmal war alle Ruhe und Verliebtheit von ihr abgefallen. Sie war nur eine nervöse Frau, so wie alle anderen auf diesem Planeten. Ich war erstaunlich ruhig. »Diese scheiß Viecher interessieren mich im Moment eigentlich gar nicht. Ich finde die Frau meines Lebens und bin so glücklich wie noch nie. Dann kommen diese Teile, du haust sie in die Flucht. Alles ganz easy. Wir sind zusammen und ich verlasse dich nie mehr. Du musst mich rausschmeißen und ausweisen lassen. Sonst wirst du mich nicht mehr los.« Sie lächelt mich an. Ich umarme sie, wir küssen uns und landen irgendwann wieder im Bett. Am nächsten Nachmittag sitzen wir nach einem ausgedehnten Frühstück an ihrem Tisch. »Wie hast du uns die Biester vom Leib gehalten, was hast du da gemacht?« »Ich habe mich direkt mit meiner Lebenskraft verbunden, weißt du. Das hassen die Züchter, wenn du weißt, wer und was du bist, dann bricht ihre Macht über dich zusammen.« »Moment mal, du nennst sie Züchter? Was machen diese Monster mit uns? Wollen sie uns fressen? Ich check gar nichts.« »Dafür, dass du gar nichts weißt, hast du dir aber sehr lange Zeit gelassen, um alles zu hinterfragen.« »Marcella, ich liebe dich und ich wollte uns die schöne Zeit nicht mit diesem Scheiß verderben.« »Diesem Scheiß? Oh je, ich sehe schon,du bist total unwissend. Aber wieso siehst du die Züchter dann? Normal sieht man sie erst, wenn man sich lange Jahre darauf vorbereitet und seine Wahrnehmung trainiert hat. Ich dachte, es ist unmöglich, sie ohne Training zu sehen.« »Ich sehe sie auf jeden Fall, und sie haben mir schon mächtig Angst eingejagt. Aber jetzt will ich wissen, warum du sie Züchter nennst? Fressen sie uns?« »Nein, sie nähren sich von unserer Lebensenergie. Sie zapfen uns ein Leben lang an und lassen uns nur das Nötigste an Lebenskraft.« »Was? Das klingt wie aus einem schlechten Roman. Wie soll das gehen?« »Ich sehe schon, du wirst nicht darum herumkommen, meinen Vater zu treffen. Er ist sozusagen Spezialist in Sachen Züchter und er wird dir alles genau erzählen. Ich weiß bis jetzt nur über die praktischen Sachen Bescheid. Warum und wieso, das hat mich nie so interessiert, weißt du, ich bin praktisch mit den Züchtern aufgewachsen.« »Sauber, da hab ich mich ja in eine richtige Monsterjägerin verliebt.« Wir lachen beide und fangen an uns zärtlich zu kosen. Verliebte scheinen gegen die negativen Einflüsse der Monster immun zu sein. Bei Einbruch der Dämmerung machen wir uns auf den Weg zu ihrem Vater. Er ist ein alter Sack von ungefähr sechzig Jahren, hat ein sympathisches, aber fettes Gesicht mit zwei klaren blauen Augen. Er begrüßt mich sehr freundlich. Sein Name ist Janik Reho. Die beiden reden ziemlich lange miteinander, natürlich tschechisch. Ich beschließe, wenn sie jemals nach München kommen, werde ich mich mit meinen Kumpels in härtestem Bairisch unterhalten, so dass die beiden auch kein Wort verstehen. Da kommt Marcella zu mir und gibt mir einen Kuss. »Ich muss einige Dinge für meinen Vater einkaufen. Wenn ich wieder komme, koche ich ein Abendessen für uns drei. Ich liebe dich, das habe ich meinem Vater auch gesagt.« Sie küsst mich und geht. Mir wird plötzlich etwas mulmig. Was kommt jetzt? Nervös schaue ich Janik an. Der grinst mich an, steht auf, geht zu mir und legt mir seinen rechten Arm auf die Schulter. »Wir müssen unbedingt Klartext reden, Hannes.« »Über Marcella und mich?« Frage ich vorsichtig. »Sie ist dir wohl sehr wichtig?« »Glaub mir, ich liebe sie so sehr, wie ich nie einen Menschen geliebt habe,« sage ich mutig. »Darüber sprechen wir später in aller Ruhe. Zu dritt. Wenn du willst. Ich mische mich in diese Dinge bei meiner Tochter ungefragt nie ein. Was im Moment wirklich überlebenswichtig ist, sind alle Informationen, die du über diese Monster hast.« Ich bin erleichtert. »Da gibt es nicht viel zu erzählen, Janik. Die Dinger machen mir eine Scheißangst, und ich hab mich beim ersten mal vollgekackt. Beim zweiten Mal hat mich deine Tochter gerettet. Vorher hab ich schon geglaubt, ich hätte ein ernstes Alkoholproblem oder wäre unzurechnungsfähig.« »Gut, das ist nicht sehr viel. Soll ich dir sagen, womit du es zu tun hast? Glaubst du, du verkraftest es? Es scheint so, als bräuchtest du alles mit dem Hammer auf den Kopf. Andere Menschen brauchen Jahre, um sich daran zu gewöhnen. Du platzt hier in unser Leben, verdrehst meiner Tochter den Kopf und lässt mir keine andere Wahl, als dich sofort mit der ganzen Wahrheit zu konfrontieren. Bist du bereit?« Janik schaut mich streng an. Ich bekomme Gänsehaut, die Luft im Zimmer scheint hochexplosiv. Es scheint mir sehr klug, in dieser Atmosphäre auf jeden Kommentar zu verzichten. »Sehr gut, ich sehe, du verkneifst dir jede oberflächliche blöde Bemerkung. Das zeigt, dass du zumindest guten Willen besitzt. Aber pass auf, denn der Weg in die Hölle ist mit guten Vorsätzen gepflastert. Du ahnst nicht, womit du es zu tun hast. Sonst hättest du jetzt richtige Angst. Dein Weltbild wird jetzt vernichtet.« Mir ist eiskalt. »Einst waren wir Menschen freie Wesen. Die Monster, wie du sie nennst, sind unsere Herren. Sie züchten uns, um sich an uns schadlos zu halten. Sie benutzen uns, um ihre endlose Egozentrik zu befriedigen.« »Wie bitte? Ich glaub, ich check jetzt gar nichts mehr. Was ist los?« »Verstehe mich bitte, Hannes, wie dir Marcella schon gesagt hat, dauert es normalerweise jahrelang zu verstehen, wer die Züchter sind und was sie mit uns machen. Ich erzähle dir das aber jetzt sehr kompakt und zusammengefasst. Das habe ich noch nie gemacht und es wird all meine Aufmerksamkeit erfordern und auch meine Kraft. Dich möchte ich bitten, mir zuerst zu erzählen, wie du die Sache siehst. Du hast dir doch sicher schon insgeheim Gedanken gemacht? Erzähle mir bitte davon!« Plötzlich beginne ich fast unsicher zu stammeln, fasse mir dann aber ein Herz. »Ich denke, sie wollen uns in den Abgrund ziehen. Es ist so was wie eine Prüfung des Lebens. Wenn wir ihnen widerstehen, dann wird das Wahrhaftige in uns auf eine neue Stufe des Seins kommen. So wie im Golem die Knochen gebleicht werden und alles Falsche von Meister Pernath abfällt, so stellen diese Monster uns auf die Probe. Wenn wir uns an unser wahres menschliches Erbe erinnern, werden wir gewinnen.« »Gut, Hannes, das ist sehr interessant, wie ich sehe, hast du dir tiefe Gedanken gemacht. Jetzt bitte bleib bei der Sache. Ich meine, versuche nicht in Gedanken abzuschweifen und Assoziationen zu haben, während ich erzähle. Es ist wichtig, dass du alles aufmerksam verstehst. Wirst du das schaffen?« Jannik schaut mich sehr ernst an. »Ich werde mein Bestes geben, Jannik.« »Gut, dann los. Stell dir vor, die Aufgabe im Leben jedes Menschen wäre es, Erfahrungen zu sammeln und diese dann zu reflektieren. Am Ende seines Lebens gibt er einen Film mit seinen Erfahrungen zurück an das Sein. Erfahrungen bedeutet alles, was dem Menschen möglich ist. Dafür steht auf der Erde ein bestimmtes Maß an Energie zur Verfügung. Sagen wir mal für jeden Menschen 100 Gramm. Diese Energie kann auch anders genutzt werden. Für egozentrische Zwecke. Zur Machtausübung und um das Leben zu verlängern. Der alte Traum der Menschheit von der Unsterblichkeit. Die Züchter sind abergläubische exzentrische Tyrannen, ohne jede Sehnsucht nach Freiheit. Sie enthalten uns die uns zustehende Menge an Energie, die wir für unsere Selbstverwirklichung brauchen, vor, um dafür ihre parasitäre Existenz zu verlängern. Sie verlängern ihr Leben und machen unseres dafür arm. Wir behalten nur ein Minimum an Energie, gerade so viel, um stumpf wie Vieh dahinzuvegetieren. Würde nun jeder Mensch das an Bewusstsein und damit das an Autonomie im Leben beanspruchen, was ihm sowieso gehört, dann wäre nicht nur die schmarotzerhafte Existenz unserer Züchter beendet, sondern die Menschheit würde sich als Kollektiv auf eine neue Stufe des Seins bewegen. Eine längst überfällige Stufe der Herrschaftslosigkeit und der Wahrhaftigkeit. Aber davon sind wir leider sehr weit entfernt.« »Ich weigere mich so was zu glauben. Was ist mit unserer Zivilisation, der Technik, mit Gott? Wieso lässt er so was zu?« Jannik dreht sich langsam eine Zigarette und fährt mit tiefer Stimme fort. »In Wahrheit ist der Mensch ein dreihirniges Wesen. Das Zentrum der Triebe ist das Stammhirn. Das Reptiliengehirn. Das Zentrum der Gefühle ist das Kleinhirn, das Säugetiergehirn. Das Zentrum der Gedanken und der Intuition ist das Großhirn. Wenn diese drei Zentren in Harmonie sind, fängt auch das Sonnengeflecht an zu funktionieren. Mit Harmonie meine ich ein ausgeglichenes Verhältnis. Ohne Übergewicht eines Zentrums. Kein Urteilen. Auf dieser Grundlage gedeiht der Mensch. Der wahre Mensch. Alles, was du bis jetzt kennst, ist Image. Nichts als egozentrisches Gequatsche eines aufgeblähten falschen Egos. Du lebst nicht wirklich, du vegetierst. Unsere Züchter halten uns auf der niedrigsten Energiestufe, die wir überleben. Von allem Höheren ernähren sie ihre räuberische, ekelhafte, schmarotzende Existenz. Da kommst du mit Gott. Gott wird doch als die erste Ursache allen Seins betrachtet? Was ist aber, wenn das Sein gar keine Ursache hat?« Er macht eine lange Pause und es scheint, als horche er tief in sich hinein. Ich zucke mit den Schultern und ein Kloß steckt in meinem Hals. »Hat das Denken eine Ursache, Hannes?« »Ja, auf jeden Fall. Das Denken hat eine Ursache.« Ich schaue ihn an und muss gähnen. »Wenn das Denken eine Ursache hat und das Sein keine, dann ist das Sein mit dem Denken nicht zu erfassen. Herrschaft ist dann eine Illusion des Denkens, die nichts mit dem Sein zu tun hat. Genau dort setzten die Züchter an. Deswegen freuen sie sich, wenn du abergläubisch bist, denn dann haben sie dich am Haken und können sich an dir laben. Du verwest dabei.« Ich bin baff, das ist das Abgefahrenste, was ich jemals gehört habe. Doch im gleichen Moment ahne ich, dass er recht hat. »Was kann ich dagegen tun?« »Es spricht für dich, dass du gleich die richtige Frage stellst. Du kannst dich ungenießbar machen. Hol dir dein Leben zurück. Trete in ein selbstverantwortliches, bewegliches Leben ein! Mit der Zahl der Aufgaben, die du dir wieder aneignest, steigt auch deine Kraft und Wachheit. Das ist deine einzige Chance.« »Was? Wie?« »Lass uns erst mal einen Becherovka trinken, Hannes. Danach können wir weiterreden.« Alles in mir ist zum Zerreißen gespannt. Die Angst lähmt mich und ich will nur fort von hier. Egal, was ich vorhin noch wollte, jetzt will ich nur noch weglaufen. Mir fallen tausend Ausreden ein, um mich sofort aus dem Staub zu machen. Da hält er mir ein Glas hin. »Hier, trink!« Ich nehm`s, kipp es runter und auf einmal werde ich locker. Wohltuend, die Anspannung weicht langsam aus meinem Kopf und ich spüre, dass ich auch noch einen Bauch, ja sogar einen Körper habe. Janik fixiert mich. »Kennst du das Rätsel von dem Mann, der mit einer Ziege, einem Kohlkopf und einem Wolf unterwegs ist? Er kommt an einen Fluss, den er überqueren muss. Im Boot sind aber nur zwei Plätze. Was macht er?« »Das Rätsel hatte ich auf meinem Kindercomputer.« Ich schau ihn an und bin sofort wieder still. »Er muss sich einfach mehr anstrengen und einmal zusätzlich fahren. Sonst frisst die Ziege den Kohlkopf oder der Wolf die Ziege. Des Rätsels Lösung ist ganz einfach. Wir müssen es genauso machen. Es ist ganz einfach, sich vor den Züchtern zu schützen. Als Erstes musst du ihre Existenz erkennen. Wenn das nicht geht, tu einfach so, als ob.« »Moment, Janik, so einfach ist es aber nicht. Ich kann nicht einfach so tun, als ob, wenn ich sie nie zuvor gesehen hätte. Es ist in Wirklichkeit doch viel komplizierter.« »Das, genau das ist das Grundproblem. Vor lauter eingebildeter Kompliziertheit sieht niemand mehr die ganz einfachen Dinge. Aber eins kann ich dir schwören. Alles was kompliziert ist, ist Sklaverei. Du kannst natürlich so tun, als ob. Wenn du deine eitlen Selbstbetrachtungen einstellst. Du musst sogar. Jetzt musst du dich schützen. Aber immer mit der Ruhe. Ein Schritt nach dem anderen. Auch ich habe vor Jahren Sätze gehört, die ich erst sehr viel später wirklich verstanden habe. Wir fangen jetzt erst mal mit dem ersten einfachen Schritt an. Du machst dich ungenießbar. Dazu setzt du dich jetzt erstmal aufrecht und trotzdem locker hin. Hände als Faust auf die Oberschenkel. Gut so!« Er fängt an meine Sitzstellung leicht zu korrigieren. Rüttelt an meiner Wirbelsäule. »Entspannt?« »Ja!« »Gut, dann atme jetzt ganz tief und entspannt in deinem Bauch.

Dabei sagst du ganz laut in dein Inneres, ich bin wach, ich bin wach, ich bin wach, schrei es! Beim Ausatmen spürst du, wie die Wachheit jede Zelle deines Körpers zum Schwingen bringt. Fühle, wie dich die Wachheit durchdringt! Sei wach bei allem, was du tust! Gelingt es dir, das zu empfinden, hast du den ersten zögernden Schritt getan auf einem weiten Weg von der Sklaverei des Zuchttieres zur Allmacht des Seins. Wach auf, Hannes!« Er schlägt mir auf den Rücken. Tatsächlich, ich fühl mich viel wacher. »Pass gut auf, ich werde mich zum richtigen Zeitpunkt bei dir melden und dir helfen, dich wirklich ungenießbar zu machen. Bis dahin wiederhole diese Übung jeden Tag.« Mein Zustand vorhin kommt mir jetzt wie dumpfes Brüten vor. Ich schau Janik an. Weiß gar nicht, was ich jetzt sagen soll. Bin aber fest entschlossen, keine dummen Fragen zu stellen. »Es gibt keine dummen Fragen. Du kannst alles fragen, Hannes. Bleib locker. Ich kenne einen guten Platz, den kannst du morgen mit Marcella besuchen. Ein bisschen Ruhe und innere Einkehr wird euch beiden gut tun und euch stärken. Aber bitte keine Übertreibungen!« Ich schau ihn an, er erscheint mir mit einemmal wie ein alter Freund, ein Lehrer. »Vielen Dank, Janik!« Er steht auf, holt noch einen Schnaps, gießt mir ein, prostet mir zu und lacht. »Nicht so förmlich, Hannes.« »Was machen die Monster wirklich mit uns?«, platzt es aus mir raus. »Sie züchten uns, um von uns zu leben. Es heißt wie im Großen so im Kleinen. So kannst du es am Menschen selber studieren, wie sie uns versklaven. Wir übernehmen ihr tierisches ängstliches Schädlingsbewusstsein, das immer satt sein will. So wie wir Tiere züchten, um uns von ihnen zu ernähren, so züchten sie uns als Nahrung. Der Unterschied besteht darin, dass sie uns als lebendes Kraftwerk brauchen. Denn sie leben von unserer Energie. Wir dagegen vergessen alles über uns. Unsere Herkunft, unsere Fähigkeiten, unsere Freiheit. Uns bleibt nur noch ein abgestumpftes Siechtum mit dem Hunger nach Macht, Geld und Anerkennung. Wir klammern uns an die falschen Götzen, weil wir zu kraftlos sind, unser Leben selbst in die Hand zu nehmen, mit aller Konsequenz und mit aller Macht, aber niemals über andere.« »Wie soll das ohne Kraft gehen? Als Zuchttier?« »Wir müssen uns unsere Kraft nach und nach zurückholen. Aufhören, blind und automatisch Dinge hinzunehmen.« »Was für Dinge?« »Regiert werden zum Beispiel. Jeder geht davon aus, es ist nötig und wichtig. Schau aber einmal genau hin, was dahinter steckt!« Ich will etwas sagen, er aber schaut mich streng an und fährt fort. »Höre auf dich, nur auf dich, aber auf dein wirkliches Ich.« »Wie, verdammt, wie denn? Wie soll ich in dem ganzen Chaos mein Ich finden? Wie denn?« Ich schreie und laufe dabei im Zimmer auf und ab. »Hör mit deinem scheiß Gejammer auf.« Janik schreit jetzt auch, läuft zu mir, packt mich an den Schultern und schüttelt mich. »Was glaubst du, du Idiot? Irgendjemand hier ist schlauer als du? Hör auf zu jammern. Du wirst es lernen, auf deine wahre innere Stimme zu hören, oder du wirst sterben. Aber da du so oder so sterben wirst, hast du sowieso nichts zu verlieren. Also reiß dich zusammen und tu dein Bestes. So wie wir alle. Wenn dir was Besseres einfällt, ruf mich an!« Janik grinst auf einmal diabolisch. »Noch einen Becherovka, Hannes?« »Her mit dem Zeug! Lass die Flasche neben mir stehen, ich brauch heute noch viel davon, glaub ich.« Ich gieß mir einen doppelten ein. »Was ansteht, was wirklich ansteht, ist, dass du dein Leben in den Griff bekommen musst. Deine finanziellen Angelegenheiten, deine emotionalen Verwicklungen, deine Art zu leben, muss stimmen. Du kannst dir keine Energieverschwendung mehr leisten. Du wirst in den nächsten Monaten dein Leben so komplett in den Griff bekommen, dass du genug Energie übrig hast, dich für immer für unsere Züchter ungenießbar zu machen. Das Gute daran ist, du hast keine andere Wahl.« »Wie meinst du das? Keine andere Wahl?« »Ich meine ganz einfach, entweder kriegst du alles hin oder du wirst wahrscheinlich sterben.« »Du meinst das alles ernst?« »Ich spreche von Tatsachen.« »Ich habe mein ganzes Leben noch nie im Griff gehabt, warum sollte es mir ausgerechnet jetzt gelingen?« »Du musst es einfach schaffen. Denn du kennst die Züchter, du kannst sie sogar sehen. Es ist ganz einfach eine Frage der Kraft. Wenn du dauernd mit deinem Leben beschäftigt bist, mit deinen finanziellen, sexuellen und e-motionalen Angelegenheiten, dann hast du keine Kraft mehr, dich mit dem Sinn des Lebens auseinanderzusetzen. Dann bist du tot, auch wenn du scheinbar lebst. Erst wenn du alles fest im Griff hast, hast du eine Chance, den Züchtern zu entkommen. Nicht von diesen Bestien ausgesaugt zu werden.« Ich greife zur Flasche und gieß mir noch einen Doppelten ein. Bin ich in einem schlechten Film? Wach ich gleich auf und Myriam liegt neben mir? Irgendwie ist mir klar, was Janik da sagt, aber ich bin allergisch gegen Klugscheißer. »Mach dir erst mal einen schönen Tag mit Marcella, dann können wir uns ja noch mal unterhalten. Locker bleiben und immer lächeln!.« Jannik grinst mich an. Auch ich muss lachen. Dann trinken wir die Flasche aus. Irgendwann geht die Tür auf und Marcella kommt zurück, sieht uns beide an und muss lachen. »Wahnsinnig wichtige Gespräche müssen das gewesen sein, wenn man euch beide so anschaut, meint man, ihr habt den ganzen Tag gesoffen.« »Dein Freund verbrennt ziemlich viel Stoff, während er die Wahrheit erkennt. Oder er erkennt nicht und ist nur ein blöder Säufer. Hundertprozentig kann ich das auch noch nicht sagen. Er redet wenig.« Janik lacht und holt eine neue Flasche Becherovka. Marcella trinkt mit uns. Wir küssen uns. Ich umarme Marcella, mit einemmal geht`s mir gut. »Ich hab dich verstanden, Jannik!« Er schaut mich an. »Ich weiß, dass ich dumm bin, will nur noch einfach strukturierte Sachen, und ich habe guten Sex. Wer kann das schon von sich behaupten? Ich bin dumm und habe guten Sex, ich weiß es und bin glücklich!« Wir lachen, Marcella steht auf. »Habt ihr Hunger?« Wir nicken gleichzeitig.

»Ah, ihr seid Synchronnicker!« »Dein Freund ist ein Supertyp.«
Jannik lacht und klopft mir auf die Schulter. »Was gibt es zu
essen?« »Es ist noch Gulasch da, wenn wir es noch einmal auf-
wärmen, ist es original tschechisches Gulasch, dazu mache ich
frische Knödel und ich habe Wein gekauft. Guten Rotwein.« »Sehr
gut, die ganze Biertrinkerei immer, ich brauch was anders.« Beide
schauen mich an und lachen. »In Bayern ist Bier doch Nationalge-
tränk?« »Ja, aber jetzt is was anders grad recht.« Wir sitzen noch
den ganzen Abend zusammen, trinken, reden und feiern.
Marcella und ich beschließen, morgen die Altneu-Synagoge zu
besuchen. Jannik hat mir diesen Platz ausdrücklich als guten Platz
zur inneren Einkehr empfohlen. Als ich ihn darauf anging, wegen
des Widerspruchs zu dem, dass er Religion als Aberglauben be-
zeichnet hatte, entgegnete er nur, dass es legitim wäre, die Kraft
eines Platzes zu nutzen, der seit Jahrhunderten den Menschen zur
Meditation und inneren Einkehr gedient hat, ganz egal, was sie für
abergläubisches Zeug damit in Verbindung brächten, für uns würde es als Technik der inneren Ruhe sehr gut funktionieren. Eine
sehr erstaunliche Ansicht. Am nächsten Morgen liegen wir eng
umschlungen im Bett. Noch bevor ich einigermaßen zu mir komme, fange ich an, ihre weichen, wunderbaren, handgroßen Brüste
zu streicheln. Ihre Nippel werden sofort hart und sie fängt an zu
stöhnen und greift mir an die Eier. Ich komm noch näher zu ihr
und lutsche ihre Nippel, während meine Hände zu ihrem großen

weichen Arsch wandern. Kräftig fange ich an ihren Arsch zu kneten. Ihr Stöhnen wird lauter und lustvoller. Meine Zunge wandert langsam tiefer. Über ihren Nabel und ihren unglaublichen Lusthügel durch ihren dichten schwarzen Urwald zu ihren fast schon obszön wulstigen Schamlippen. Ich leck mich genussvoll durch, begleitet von immer lauterem Stöhnen. Da bin ich in ihrer Fut und meine Zunge wird schneller und schneller. Die zarte Quelle ihrer Lust beginnt zu plätschern. Geil schmeckender Lustnektar fließt in meinen Mund. Je mehr ich lecke, um so mehr dieses geilen Saftes fließt, und je mehr fließt, umso mehr bekomme ich Appetit auf diesen geilen Saft. Ich schmatze, sauge und lecke. Nie habe ich etwas Köstlicheres geschlürft. Inzwischen leckt sie mein Ding. So hat`s mir noch niemand gemacht. Wie besessen lecken und saugen wir. Plötzlich fallen wir übereinander her und fangen an, es heftig miteinander zu treiben. Ihre braune seidige Haut wird feucht von meinem Schweiß. Wir werden immer schneller, wilder und lauter. Besessen, wie Tiere. Alle Gedanken verschwinden. Da ist nur noch Lust und Gier. Plötzlich ist da gar niemand mehr. Wir verschmelzen zu Einem. Wie zwei Flüsse, die zusammenlaufen und sich vermischen, um dann ins Meer zu münden. Ewig liegen wir zart beieinander. Ein zartes warmes Licht umgibt uns, verletzlich, kaum wahr und prickelnd lebendig. Anders als alles bisher Erlebte. Ich lege meinen Kopf auf ihre Brüste und sehe einen Ritter mit Flügeln auf einer grünen Wiese schreiten. Neben ihm, stolz und gewaltig, eine Löwin. Zart sind unsere Berührungen. In ein zartes Kokon scheinen wir gewoben. Keins von beiden willig ihn zu zerstören. Feinster Nachhall unserer Seelen hält unsere Gefühle in seltsam vertrauter Schwingung. Uralte Sehnsucht endlich erfüllt. Nahrung in unserer kalten Welt des Grauens. Ein Windhauch, eine Tür schlägt zu, wir lächeln uns an. Tauschen flüsternd zarte Liebkosungen, als stünde vor der Tür ein Monster, bereit uns zu meucheln, ahnte es auch nur, was wir gerade teilten.

9 Zurück ins Leben

Wir machen uns auf den Weg in die Josefstadt. Bis 1893 hieß dieses Viertel Judenstadt und war durchdrungen von einem alten Zauber, in dem auch die Sage des Golems entstanden war. Dann wurde es saniert. Der Zauber der alten Judenstadt wird in Gustav Meyrinks Roman »Der Golem« beschrieben. Zwischen 1939 und 1945 versetzten die Nazis dem erhalten gebliebenen deutschen Judentum in Prag den Todesstoß. Rabbi Löw hat der Sage nach den Golem erschaffen, um die Prager Juden vor Feinden zu schützen. Wir schlendern gemütlich durch die engen Gassen des alten Judenviertels. Etliche Buch- und Souvenirläden säumen die Straße. In einem kaufe ich eine winzige Tonfigur des Golems. Er fasziniert mich. Als wir die Alt-Neu-Synagoge betreten, bin ich zunächst etwas enttäuscht. Kein Schmuck wie in der katholischen Kirche, kein Zierrat und keine Ornamente wie in vielen Moscheen. Alles schlicht und einfach. Wir setzen uns auf eine Bank und ich beginne die Übung zur Wachheit, die Jannik mir gezeigt hat. Hier an diesem Platz, an dem Menschen seit Jahrhunderten Ruhe und Inspiration suchen, scheint sie besonders zu wirken. Nie zuvor fühlte ich mich so wach und meiner Umgebung so gewahr wie jetzt. Ich schau zu Marcella, die neben mir sitzt. »Sag mal, die

Züchter haben die Erde besetzt und nur wir wissen Bescheid. Seh ich das richtig?« »Das würden sich die Züchter wünschen, dass wir das jetzt glauben. Du würdest die Lösung des Problems in der äußeren Welt suchen. Ich glaube, wir müssen all den Quatsch von Menschheit, Glauben und Moral verlassen, um tief in unser Inneres zu gehen und uns selbst von all diesen falschen Vorstellungen und Vorurteilen zu befreien. Nur du kannst dich selbst befreien, alles was du in heiligen Schriften, in Gesetzen, in der Moral oder im Fernsehen findest, lenkt dich nur von deinem wirklichen Selbst ab.« »Harter Stoff, so hab ich noch keine Frau reden hören. Du hast es echt drauf, Süße!« »Du hast eine nette Art, Komplimente zu machen, mein süßer geiler Stecher. Oh, nimm deine Finger da weg, wir sind schließlich an einem heiligen Ort.« »Ficken ist das Heiligste, was ich kenne, also sind wir hier genau richtig.« Marcella steht auf und geht zum Ausgang. »Halt, meine Süße, nun sei nicht gleich beleidigt! Lass uns noch ein bisschen hier bleiben.« Wir setzen uns nebeneinander hin, halten uns brav an den Händen und lassen diesen Ort auf uns wirken. Nach einer Viertelstunde stehen wir gleichzeitig auf und gehen nach draußen. Ich blicke an der Alt-Neu-Synagoge nach oben. Irgendwo dort gibt es ein Fenster in einem Raum ohne Türe, in dem der Golem ist, oder war. Einen Raum, in dem Gebeine gebleicht werden, oder alles was wirklich ist, von allem, was du dir nur einbildest zu sein, getrennt wird. Wie ich so dastehe und hinaufblicke, bekomme ich eine unheimliche Sehnsucht und gleichzeitig eine Scheißangst. Irgendwie sehne ich mich nach der totalen Erkenntnis, nach der Wahrheit und gleichzeitig habe ich Todesangst. Marcella steht schweigend neben mir. Ich umarme sie, schaue in ihre Augen und krieg sofort einen Ständer. Bei so viel geilem weichem Frauenfleisch sind mir die ewigen Wahrheiten schnell wieder scheißegal. Wir gehen in Marcellas Wohnung, um uns aufzuwärmen. Einige Stunden später sind wir wieder unterwegs. Im Battalion könnte ich als Prager heimisch werden. Wenn man reinkommt, meint man, es ist so ein Hard-Rock-Café. Es ist aber das nur ein altes Schild. Obwohl man zuerst Hard Rock, Sport und Tischkicker sieht. Aber zum Glück gibt's ruhige kleine Nebenräume zum Kuscheln und für harte Alkoholexzesse. Eine Bar in Prag ist keinesfalls mit einer in München zu vergleichen. Jedenfalls nicht, was die erfahrenen Trinker angeht. So viele echte Hardcore - Alkoholiker habe ich noch nie in einer Bar getroffen wie hier im Battalion. Das ist eine echte Prager Bar. Sollten einmal alle Toten auferstehen, so würden sich hier ziemlich sicher die versoffensten Literaten aus allen Erdteilen ein Stelldichein geben. Irgendwann torkeln wir in mein Hotel. Am nächsten Morgen heißt es Abschied nehmen. Ich hasse Abschied. Wir verabreden uns für Weihnachten in Frymburg, außerdem will Marcella nach München ziehen, nicht ich nach Prag. Wegen der Kohle. Klar, alles dreht sich ums Geld. Überall und immer. Als ich so im Bus sitze, kaufe ich mir erst mal zwei

Halbe gegen den Kater. Nach einem richtigen Rausch gibt's nichts Besseres als ein bis zwei Bier und dann richtig scheißen. Pech, wenn man in einem dieser Luxusreisebusse direkt neben dem Klo sitzt. Darauf kann ich keine Rücksicht nehmen und scheiß drauf. Stinkt wie die Sau, pfui Teufel, entsetzlich. So ausgeschissen und entspannt denke ich noch mal über alles nach. Wie ich so nachdenke, schlafe ich ein, und als ich aufwache sind wir auch schon fast da. Ich liebe Busreisen, auch wenn der ADAC getestet hat, wie gefährlich die sind. Ich hasse diese ADAC-Pisser, die nach immer mehr Regeln schreien und so alles teurer machen. Busfahrer, die während der Fahrt Bier verkaufen, sind meine besten Freunde. Noch ein Tragerl Bier für daheim und der Abend ist gerettet. Als am Abend das Telefon läutet, kann ich nur noch lallen und am Montag bleib ich zu Hause im Bett liegen und geh nicht zur Arbeit. Ich brauch eine Pause, und bin froh keinen Menschen zu treffen. Das Telefon steck ich aus. Irgendwann kommt der Hunger und ich gehe einkaufen. Weißbrot, Krabben, Käse, Knoblauch und Gemüse. Der absolute Aufrichter, eine Gemüse-Krabben-Pfanne in Tomatenmarksoße auf gebackenem Weißbrot. Als ich die Krabben aufmache, um die Salzlake auszugießen, krieg ich den Schock. Schwimmt da so kleines grünes Zeug rum. Als ich es probier, sehe ich alle meine Befürchtungen bestätigt. Ein Blick auf die Packung klärt mich auf. Atlantik-Grönland-Krabben in Lake-Dill. Was soll das? Ein Arbeitsgang mehr, für den Dill und Millionen Menschen, die sich ekeln. Wer Dill will, kann ihn ja reinschütten. Mit Dill kann man nicht würzen. Dill ist eine Krankheit in der Küche, Dillsoßen haben schon so manche Hausfrau auf dem Gewissen. Kill Dill! Mein neues Motto. Ich überlege eine weltweite Kampagne gegen den Missbrauch von Dill zu führen. Denke an die Jungs auf den Fangschiffen, die sich in harten Schichten den Arsch aufreißen, um Minikrabben vom Grund des Atlantiks zu fischen. Wenn sie dann nach anstrengender Arbeit heimkommen, wochenlang nicht gevögelt, nur damit wir auch im hinterletzten Dorf Krabben fressen können. Wenn sie dann also so daliegen mit ihrer Frau, einer Kippe, einer Flasche Whisky beim Relaxen und dann käme so ein Drecksack. Ich spreche von Herrn ich hatte die Idee, Dill in die Krabben zu kacken. Hier probier! Wie lange hätte dieses Arschloch wohl noch zu leben? Ich vermag es nicht in Sekunden anzugeben, aber ich bin sicher, er hätte einen schnellen Tod. Da sieht man, wie viel Unheil sich mit einer Prise Dill anrichten lässt. Als ich so beim Essen aus dem Fenster schaue, dämmert es auch schon. Weiße Wolken, ein hellblauer Streifen, darüber ein goldrot-blaues Wolkenmeer. Die Farben wechseln im Minutentakt. Mögen im Herbst die Tage auch kürzer werden, um so spektakulärer wird das Gute-Nacht-Bussi der Natur an die Sonne. So lange werdeich dich vermissen, geliebtes Licht, da werde ich dich in meinem funkelndsten Kleid verabschieden. Auf dass du morgen voller Lust zurück zu mir kommst, mein Geliebter. Da ich, wenn ich ehrlich bin, gar nicht weiß, was ich jetzt tun soll, denk ich, mich zerreißt`s gleich. Am liebsten würde ich sofort zu Marcella zurück, andererseits hab ich Angst, dass alles, was mit Marcella zusammenhängt, mein Leben komplett umkrempelt. Diese scheiß Monster, die ich sehe. Jeder Arsch auf der Straße ignoriert sie, keiner Sau fällt was auf. Aber ich nehme die Dinger wahr, obwohl alle anderen jahrelanges Training brauchen. Wenn alles wirklich so ist, wie es scheint, muss ich mein Leben komplett umkrempeln. Ein neuer Mensch werden. Jeden Tag voller Energie und Verantwortung leben. Da liegt mein Problem. Ich lebe gern in den Tag hinein, ohne Plan und Hektik. Mein größter Wunsch, endlich meine Ruhe. Daliegen und dem Gras beim Wachsen zuschauen. Ich hab Angst, die Monster reißen mich aus meinem Leben, Marcella und Jannik machen mir die Hölle heiß, ich hab Angst, die Kontrolle zu verlieren. Meine Freiheit, selbst zu bestimmen, was ich wann wie mache. Als ich so vor mich hin grüble, kommt mir die rettende Idee. Ich geh ins Kino. Da vergesse ich alles und bin frei. Kinoprogramm aufschlagen und auf ins neue Matthäser, da war ich eh noch nie. In die U-Bahn und auf zum Stachus. Geil vom Untergeschoss gleich ins Kino. Echter Service, ich bin begeistert. Treppe rauf, noch eine Treppe rauf und anstehen. Für was? Egal, wird schon was Wichtiges sein, schließlich steh`n alle hier. Nach einiger Zeit stellt sich raus, da vorne gibt's die Karten. Glück g`habt. Einmal die Liga außergewöhnlicher Gentleman anschauen macht 10 Euro und zwanzig Minuten warten. Danach eine Cola und Popcorn für 6.50, wirklich billig, aber statt dass die Leute hier alles kurz und klein schlagen, stehen sie wie Vieh in der Reihe und warten, bis sie gerupft werden. Dabei sind sie alle gut gestylt und riechen nach Parfum, das sie brauchen, um ihren Schweiß zu übertünchen, der sich nicht mehr in ihrem Achselhaar sammeln kann, weil sie es abrasiert haben. Von der standardisierten Fabrik in den Freizeitkäfig. Überall Massentierhaltung, wie im Kleinen so im Großen. Wo ist der Unterschied zur Hühnerfarm? Entsetzt renne ich nach draußen, ich weiß, ich habe keine Freiheit. Entweder ich vegetiere als Massentier dahin oder ich lass mich 100 Prozent auf Marcella und Jannik, besser gesagt auf mein wirkliches Leben, ein. Ein Huhn im Käfig hat keine Freiheit, höchstens Fantasie. Ein Adler am Himmel ist frei, bevor er aber angefangen hat, frei zu sein, hat er zuerst fliegen gelernt. Fliegen habe ich noch nicht gelernt. Ich bin ein besoffenes, verficktes Huhn, das Freiheit mit besoffenen Träumen verwechselt. Es wird Zeit, der Wahrheit in die Augen zu schauen. Allerdings ist die Wahrheit äußerst unangenehm. Es scheint ein normales menschliches Verhalten zu sein, den offensichtlichsten Dingen im Leben davonzulaufen. Ich muss an Matrix denken, als Nero gefragt wird, welche Pille er denn möchte. Die rote oder die blaue. Ich hätte mich auch für die entschieden, mit der man der Wahrheit in die Augen blickt. Allerdings, es ist viel bequemer, die Wahrheit nicht zu kennen. Ich meine, würde ich einen Film über meine Erlebnisse drehen, würde doch jeder meine Fantasie loben. Keine Sau käme auf die Idee, dass alles, was ich über diese Monster, die sogenannten Züchter zeigen würde, nichts als die Wahrheit ist. Die reine Wahrheit, und alles was ich in letzter Zeit so konsumiert habe, ist die Mindestmenge, um nicht komplett verrückt zu werden. Wer würde dieser Wahrheit nüchtern ins Auge blicken und sie nicht versuchen zu leugnen? So betrachtet bin ich ein echter Held. Aber was jetzt? Wie soll es weitergehen? Womit beginnen und wie? Ich beschließe, ab morgen wieder in die Arbeit zu gehen. Ich nehme mir ganz fest vor, ein unauffälliges und normales Leben zu führen. Dazu gehört auch der völlige Verzicht auf Bier. Rotwein ist sowieso viel gesünder. Ab jetzt wird Wein gesoffen, wie in Frankreich. Ein Liter am Tag soll sehr gesund sein. Da können zwei auch nicht schaden. In meinem Job erzähle ich statt der Story vom Pferd zur Abwechslung die Wahrheit. In etwas abgeschwächter Version, heißt ohne Monster. Wunder oh Wunder, ich darf meinen Job behalten, kostet mich nur einen Arbeitstag. Allerdings stehe ich bei meiner Firma jetzt in der Pflicht. Wer mich so großzügig und kulant behandelt, der kann von mir auch 200% Leistung erwarten. So sauber waren die Scheißhäuser noch nie. Wahrscheinlich haben die Bürohengste hier jetzt den besten Stuhlgang ihres Lebens. Wer gut scheißt, lebt gut. Auch mit meinen Kollegen läuft`s immer besser. Die, die schlecht Deutsch sprechen, waren ja schon von Anfang an meine Freunde, aber jetzt bin ich sogar zu denen nett, die verstehen, was ich so von mir gebe. Das heißt schon was. Sonst kennt man mich ja nur als unausstehlichen Kotzbrocken. Aber wenn das alles nur Image ist, dann kann ich auch freundlich sein. So wird das Leben leichter. Die können mich sowieso am Arsch lecken, egal ob ich freundlich bin oder nicht. Langsam bewegt sich was. Ich hock so mit Abdul beim Essen. Pack mein Zeug aus, er starrt drauf. »Was geht, Alter? Nix dabei? Magst was von meiner Brotzeit?« »Na, lass! Ich darf nichts essen. Weißt du, Ramadan.« »Wahnsinn, scheiß doch drauf! Ist doch pervers. Schau mal, jetzt rauchst du schon die Vierte. Dabei hast du den ganzen Tag noch nichts gegessen. Am Abend frisst du dich dann voll, weil du einen scheiß Hunger hast.« »Ah, geh, red keinen Scheiß! Was weißt du schon. So ist es Sitte!« Super Arbeitsklima bei so `ner Scheiß hausfirma. Johnny, unser pakistanischer Vorarbeiter, schaut ins Zimmer. »Was is da los? Pause schon vorbei, los los, putzen, putzen.« Er grinst saublöd. »Johnny, du hast die geilsten Eier der Stadt.« Ich steh auf und greif ihm imaginär zwischen die Beine. »Du blöde Schwuchtel.« »Wenn du so anfängst, muss ich dir den Witz mit dem Augustiner Hell erzählen. Soll ich dir diesen scheiß Witz erzählen?« »Erzähl schon. »Also, ein Penner schnarcht so gemütlich auf seiner Parkbank. Da kommt ein schwuler Jogger vorbei. Als er den Arsch des Penners sieht, kriegt er sofort ein Rohr. Also rauf auf den Penner, Schwanz rein und chacka chacka.

Er spritzt ab, steckt ihm einen Zwanzger in die Tasche und joggt weiter. Der Penner wacht irgendwann auf, findet den Zwanzger, kauft sich einen Kasten Augustiner Hell und säuft sich zu. Nächster Tag, Jogger, Penner, Fick, Zwanzger, Augustiner Hell. Dritter Tag, Jogger, Penner, Nummer, Penner erwacht. Er geht zum Kiosk. Der Verkäufer am Kiosk fragt ihn, ob er wieder einen Kasten Auge Hell will. Nein, nein, sagt da der Penner, heute nehm' ich Hofbräu, von Augustiner krieg ich Arschbrennen!« Während Johnny noch herzhaft lacht, bin ich schon wieder beim Brillenputzen. Ich putze, putze und putze. Eines Abends sitze ich so daheim bei meiner zweiten Flasche Wein, denk an nichts Böses, da klingelt`s Telefon. Marcella, verdammt, ich liebe sie so sehr, aber habe sie natürlich nicht einmal angerufen. Ruft sie an, weil sie nicht ohne mich leben kann? Ich hebe ab.»Guten Tag, Antje Müller hier, spreche ich mit Herrn Hannes Gimmil?« »Ja, um was geht`s denn?« »Haben Sie kurz Zeit, an einer Verbraucherbefragung teilzunehmen, Sie können dann auch eine Reise in die Türkei gewinnen.« »Lassen Sie mich mit ihrer kapitalistischen Scheiße in Ruhe, sonst kotze ich!« Schnell lege ich auf. Ich hab da so ein nie gekanntes Horrorgefühl. Nach kurzer Zeit sitz ich und starre die Wand an. Eins wird mir gerade klar. Entweder hole ich Marcella nach München, besorg eine große Wohnung und ziehe die Sache knallhart durch, oder ich bleib weiter ein zerrissener Idiot. Die Frau ist die Eine. Scheißegal was sonst so abgeht. Diese Drecksau hat mich am

Wickel. Ich denk an alle Junggesellen, die ich so kenne. Sind diese Typen wirklich glücklich? Ich denk an die Ehemänner die ich so kenne. Sind diese Typen wirklich glücklich? Da wird mir eins klar. Dornkaatschorlenklar sozusagen. Entweder Marcella und ich bringen`s ganz anders, oder alles ist sinnlos. Tja, dieses Thema beschäftigt die Menschheit schon, seit es Männlein und Weiblein gibt, die das alte Rein-und-raus-Spiel treiben. Eins dämmert mir so plötzlich, den Macho brauch ich nicht mehr raushängen lassen, Ehrlichkeit und Vertrauen sind gefragt. Ein wirklich neues Sein baut sich da auf, das den Namen Leben vielleicht endlich verdient. Fuck, mein Leben war auch schon mal einfacher. Die scheiß Viecher hab ich schon wieder gut verdrängt. Kurz vor einem totalen Rausch kommt eine kurze Panik, die sich mit dem nächsten Glas schnell wieder verflüichtigt. Ich denk jetzt an die vielen ganz konkreten Männer, die mich ob meiner Rumpisserei verachten. Ich stell mir so vor, wie es diesen Mit-beiden-Beinen-auf-der-Erde-Stehern wohl gehen würde, wenn sie so ein verschissenes Monster vor sich hätten. Einmal vor Angst vollgekackt, was bleibt da von diesem grundlos arroganten Mann noch übrig? Ich stell mir vor, wie ich ein Monster bin und diese Scheißkerle langsam fertig mache. Die, die mich für ein Weichei halten, weil ich noch am Leben bin, noch nicht abgeschlossen habe dami,t ein perverses primitives Schwein zu sein, und es dann Realismus nenne. Jetzt wird mir auch klar, warum Marcella auf mich steht. Solche

Schwanzträger ohne Chochones hätte sie sicher schon viele haben können. Aber ich war der Eine. Der Eine, der diese scheiß Züchter wahrnehmen kann. Der, dem sie sich nach ein paar Drinks hemmungslos hingegeben hat. Sie ist sicher nicht die Frau, die ihre Perlen jeder Wildsau hinschmeißt. Sie ist die extraklasse Frau, die sich nur dem echten wirklichen Mann hingibt. Sie ist die Frau für mich. Ich rufe sie an. »Hallo, Marcella!« »Hannes, was« »Sag bitte nichts! Hör mir kurz zu, ja?« »Äh, ich weiß nicht. Ich will, ich meine, es ist viel zu, ich habe gar keine Zeit!« »Marcella, hör mir erst mal zu. Ich war ein richtiges Arschloch. Ich liebe dich, ich will, dass du nach München kommst. Ich besorge eine größere Wohnung für uns. Du kommst, so schnell du kannst, und bleibst bei mir, ich will nie mehr getrennt von dir sein. Du bist meine Traumfrau, du kommst her und wir machen viele kleine Bambinis.« »Bambinis?« »Kinder, ich will Kinder mit dir machen. Drei, oder so viele, wie du willst. Ich will dich verwöhnen, anbeten, alles für dich tun und dich Tag und Nacht ficken. Ich liebe dich, bin nur manchmal etwas verklemmt.« »Mach keine so dummen Witze, wir haben nicht verhütet. Außerdem lallst du, du verarschst mich nur. Du bist betrunken!« Klack! Aufgelegt, irgendwas hab ich falsch gemacht. Sofort mach ich ein neues Bier auf. Dann noch eins, ich bin   verwirrt. Ich bin schon mein ganzes Leben lang verwirrt, aber es ist mir noch nie so aufgefallen wie heute Abend. Ich ertränke meine Verwirrung in Bier. Irgendwann ist es mir egal, verwirrt zu sein. Ich muss noch mal raus. Auf der Straße Luft schnappen. Schlendere durch die Ungererstraße in Richtung Englischer Garten. Nebel auf den Straßen, ruhige nasse Luft. Meine Nase ist sofort frei. Nachts durch die Straßen zu gehen, entspannt und inspiriert mich. Da hab ich plötzlich Gänsehaut und ich krieg Panik. Da sehe ich sie auch schon. Sie stürzen auf mich zu. Ich schreie und will weglaufen. Als ich so schreie, erstarre ich und friere ein. Da kommt mir Janiks Wachübung in den Sinn. Blitzschnell, ich bin wach! Aber den Monstern ist das egal, sie kommen weiter auf mich zu, umschließen mich. Ich verliere mein Bewusstsein. Als ich zu mir komme, fühle ich mich ausgelaugt und müde. Mühsam schleppe ich mich heim. Mir ist eiskalt. In meiner Wohnung fall ich aufs Bett. Da lärmt schon mein Wecker. Zum Putzen schleppen, nicht denken, arbeiten, denn dafür werde ich ja bezahlt. Daheim kipp ich allen Alkohol in den Abfluss. Will das Zeug nie mehr sehen. Ich lieg auf meinem Bett und denk immer, ich müsste tot sein. Bin aber nur durcheinander und unsortiert. Mir ist eins ganz deutlich vor Augen geführt worden. Wäre ich gestorben, wäre ich allein gewesen. Ich werde, auch wenn ich sterbe, allein sein. Alles in meinem Denken, das sich um meine Beziehungen zu Anderen dreht, muss ich vor diesem Hintergrund neu betrachten. Was lohnt sich wirklich angesichts des drohenden Todes und was ist Verschwendung? Bei so schweren Gedanken sterbe ich sofort einen kleinen Tod und schlafe ein. Ich wache auf,

als der Wecker lärmt, und denke an »Täglich grüßt das Murmel-
tier.« Schlepp mich in die Arbeit. Ich putze, denke nicht, denn ich
werde fürs Putzen bezahlt und nicht fürs Denken. Unterwegs zu
Mäkie, gibt mir aber auch nichts. Der Trost bleibt aus. Wenn mein
Freund Roland Mc Donald mir nicht mehr helfen kann, sieht`s
wirklich düster aus. Ich denke an Selbstmord. Ich weiß irgendwie,
dann wird alles noch schlimmer. Früher hat man Menschen, die
einen Suizid überlebt haben, zur Strafe aufgehängt. Gute alte Zeit.
Heute wollen sie einen ärztlich verordneten Mord auf Kranken-
schein und nennen es Hospiz-Bewegung. Eine schöne Art, Kosten
zu sparen. Perverse Welt. Da muss ich laut lachen. Wenn ich schon
wieder so was denken kann, dann bin ich deutlich auf dem Weg
der Besserung. Selbstmord, absurder Gedanke. Lieber hau ich die
ganzen Monster auf den Mond. Aber genug Nabelschau. Irgendwas
muss passieren, irgendwas, das nur ich tun kann. Es kann so nicht
weiter gehen. Jetzt, da ich die Wahrheit kenne, die Wahrheit über
uns stolze Menschlein. Wie die Hühner hocken wir in unseren Le-
gebatterien der schlechten Gefühle und lassen uns treiben, moti-
viert von den Wünschen unserer Züchter, die uns bei schlechter
Laune halten wollen, um sich den Bauch mit uns voll zu schlagen.
Ich spring auf, was nützt mein Wissen, meine Gedanken? Was tun?
Ich renn in meiner Bude auf und ab. Renn zum Telefon. Ruf Jannik an. »Hallo!« »Hallo, hier is Hannes, grüß dich!« »Hannes, was
gibt's?« »Total viel gibt's, bin sehr ruhelos, am besten, also die

Monster sind gestern über mich hergefallen, müsste eigentlich tot sein.« »Ganz langsam, wie über dich hergefallen und wieso tot sein? Erzähl mal alles der Reihe nach, Junge.« »Ich ruf bei Marcella an und war blau, ja. Dann übertreib ich etwas und sie, total sauer, weil ich mich nicht gemeldet hab. Sagt, ich bin betrunken, was stimmte, und dass sie mir kein Wort glaubt. So, dann legt sie auf. Dann schütt ich mir noch einen Wein rein und geh noch spazieren. Da kommen diese Teile und fallen über mich her. Als ich aufwache, sind sie weg, aber ich lebe.« »Mhh, klar, sonst wärst du ja nicht aufgewacht. Hahaha! Gut, gut, ich seh schon, dir geht's jetzt übel.« »Schon, hab heute allen Alk weggeschmissen, will nur noch klar sein. Aber irgend was muss ich jetzt tun. Mich zerreisst`s sonst noch. Deswegen ruf ich an, und wegen Marcella.« »Langsam, langsam, immer diese jungen Männer. Erst ewig phlegmatisch und dann alles auf einmal wollen. Hannes, du entscheidest selbst. Du allein!« »Ja, ja, erzähl mir mal was Neues! Ich hab das auch schon bemerkt. Hab vielleicht auch viel Scheiß gemacht, aber habe es kapiert.« »Hannes, Hannes, wir kennen uns kaum. Du hast einen Abend mit mir zusammengesessen und doch rufst du mich an und tust so, als wären wir alte Freunde. Du willst Ratschläge von mir und was viel schlimmer ist, du willst auch noch meine Tochter. Wieso denkst du, sollte ich dir helfen?« »Wegen den Züchtern, dieses Wissen verbindet uns doch, oder?« »Verbindet! Was verbindet uns denn? Du und ich, wir teilen zufällig ein Wissen, das den meisten Menschen verschlossen ist. Ja, das verbindet schon, aber deswegen kannst du trotzdem ein Arschloch sein. Du kannst mir schaden, mir auf die Nerven gehen oder meine Tochter enttäuschen. Du glaubst, irgendwas verbindet uns und du willst Hilfe. Wenn du kein hoffnungsloser Fall von einem Schmarotzer wärst, dann würdest du dich fragen, was du für uns tun kannst. Du würdest Permanenz entwickeln und dich ständig fragen, was habe ich zu geben. Statt dessen kommst du wie ein Straßenköter angelaufen, weil es dir dreckig geht und du nicht mehr weiterweißt. Melde dich, wenn du an deinem Charakter gearbeitet hast!« »Halt, warte, Jannik, warte, bitte nicht auflegen!« »Was willst du noch?« »Ich hab`s kapiert, wirklich! Kein Jammern mehr. Ich lass jetzt Taten sprechen, ich muss nur ganz genau überlegen, was ich jetzt tun werde. Ich will keine Zeit mehr in meinem Leben vergeuden. Ich lass dich auch in Ruhe, aber deine Tochter nicht.« »Na, die Frage stellt sich etwas anders, aber gut, du hast bei mir noch eine Chance.« »Was soll ich tun?« »Ich dachte, du hättest kapiert, also keine blöden Fragen!« Klack, aufgelegt. Super Gespräch. Was war los? Bin ich zu blöd? Egal! Erst mal schau ich, dass ich ganztags arbeiten kann. Dann suche ich eine neue Wohnung. Aber zuallererst rufe ich bei Fleurop an und lasse Blumen nach Prag liefern. Rote Rosen für Marcella, einen ganzen Strauß. Dazu ein Brief. Lieber Schatz, ich habe mich sehr blöd benommen. Dafür gibt es keine Entschuldigung. Aber ich bin trotzdem voller Hoffnung, dass das noch nicht das Ende ist, sondern erst der Anfang einer langen glücklichen Beziehung. Ich will dir keine leeren Versprechungen machen, habe aber dafür schon konkrete Pläne. Das Wichtigste zuerst, ich liebe dich von ganzem Herzen und will immer mit dir zusammen sein. Am schönsten wäre es, wir könnten in München zusammen sein, so wie es dir auch am angenehmsten wäre. Ich suche schon eine größere Wohnung für uns beide und habe schon einen Ganztagesjob. Sobald ich hier weg kann, komme ich zu dir nach Prag, wenn du mich noch haben möchtest. Ich liebe dich und habe noch nie irgend eine Sache in meinem Leben so ernst gemeint wie das, was ich dir schreibe. Bis bald, in Liebe, Hannes. Schön in ein Kuvert und dann gleich ab damit in den Briefkasten. Als nächstes gehe ich einkaufen, eine CD mit Lovesongs, Pralinen und ein wunderbares Top. Das alles in ein kleines Päckchen und ab nach Prag damit. So, wenn jetzt das Timing hinhaut, kommen zuerst die Rosen, dann der Brief und danach mein Päckchen. Wenn das nichts hilft, kauf ich einen Ring und fahr runter. Ich scheine einen Lauf zu haben. Als ich am nächster Tag in der Arbeit bin, geht doch gleich was mit der Ganztagsarbeit. Wie in meinem Brief behauptet. Also war nichts davon gelogen, wie sich jetzt rausstellt. Am Morgen muss ich zwar noch Toiletten putzen, Nachmittags mach ich jetzt aber zusätzlich dazu noch Büros sauber. Schreibtische wischen, Papierkörbe entleeren und danach mit einem Mopp und zwei Eimern Gänge und Treppen putzen. Klingt ganz schön viel und ist es auch. Aber es bleiben fast elfhundert Euro hängen. Nicht schlecht für einen Putzjob. So mit der Zeit gewöhn ich mich auch daran den ganzen Tag auf den Beinen zu sein. Da ich was tun will, passt alles. Ich freu mich schon auf meinen ersten Lohn. Jeden Tag hoffe ich ungeduldig auf einen Anruf von Marcella. Ich stell mir vor, wie die Rosen ankommen. Am nächsten Tag geht sie zum Briefkasten und findet meinen Brief. Jetzt weiß sie ganz sicher, von wem die Rosen sind. Am nächsten Tag erhält sie mein Päckchen und es tut ihr leid, dass sie am Telefon so schlecht drauf war. Tags darauf rufe ich sie dann an und bingo, sie steht voll auf mich und wird ganz feucht vor Freude. Ich muss nur noch zwei Tage warten und hoffe, sie ruft schon früher an. Die Zeit vergeht unendlich langsam. Es kostet mich sehr viel Mühe, Marcella nicht schon früher anzurufen. Ich warte und warte und die blöde Kuh ruft nicht an. Die zwei Tage sind um und immer noch nichts. Donnerstag und ich ruf gleich nach der Arbeit an. Niemand geht ran. Super, da erniedrige ich mich schon und dann ist sie nicht daheim. Ich bin ganz verrückt nach ihr. Keine andere interessiert mich, das weiß ich seit Prag ganz genau. Ich gelobe, treu zu sein. Allerdings nur, wenn sie jetzt endlich ans Telefon geht. Den ganzen Nachmittag probier ich, sie zu erreichen, aber vergeblich. Ich kann nichts anderes tun. Wie besessen kreise ich ums Telefon und denke an Marcella. Am Abend klappt es dann: »Hallo, Marcella, ich liebe dich, wie geht`s?« »Hannes, was willst du?« »Was ich will? Darf ich dich nicht mehr anrufen? Hast du meinen Brief bekommen?« »Ja, und dein Päckchen und Blumen.« »Ja und, was meinst du, willst du mich noch? Was ist mit dir, warum weinst du?« »Lass mich in Ruhe, blöder Kerl!« Klack, aufgelegt. »Marcella!« Sofort drück ich auf Wahlwiederholung. Niemand geht ran, irgendwann ein Besetztzeichen. Nochmal und nochmal, dann endlich. »Was willst du?« »Na endlich, launisches Weib, dich will ich. Ich komm am Wochenende und wenn du mich nicht willst, dann sag`s mir und du bist mich los, aber für immer! Du sollst es mir nur ins Gesicht sagen, ja? Ich lieb dich.« »Ja, komm, ich freu mich!« »Ja, genau den Eindruck machst du die ganze Zeit auf mich. Vielleicht spinnst du. Aber egal, ich komme Freitag Nacht. Gut?« »Ja, ruf mich an, wenn du da bist!« »Mach ich, ich lieb dich. Bis dann!« »Bis dann!« Diesmal leg ich schnell auf. Ich hasse es, Spielball zu sein. Aber diese Frau macht mich wahnsinnig. Launisch ist ein Scheißdreck. Dabei kennen wir uns erst so kurz. Sie ist aber genau die Eine. Die, die ich zur Frau will, für immer. Die Eine fürs Leben. Die Anderen waren geiler Zeitvertreib. Marcella ist die Frau für die Vereinigung von Mann und Frau für die Ewigkeit. Die chymische Braut. Mein fehlendes Stück. Die Alte, auf der ich in die Ewigkeit galoppiere und Gott im Vorbei reiten ins Gesicht rotze. Die halt.

10 Der Kreis schliesst sich

Auf, auf nach Prag. Ich mach alles für meine morgige Reise klar. Find einen billigen Bus, der mich Freitag hin und Sonntag heim bringt. Dieses mal ohne billiges Hotel, das ich sowieso nicht betrete. Fahren ganz schön viele Leute so jedes Wochenende von München nach Prag. Glaubt man gar nicht, der Bus ist voll. Die Goldene Stadt, so begehrt wie immer. Richtige Sehnsucht nach Prag steigt in mir hoch. Vermisse nicht nur meine Traumfrau, sondern auch meine Traumstadt. Mir ist mit einem Mal klar, dass ich auch in Prag leben kann. Sollte Marcella ein Problem mit München habe, lebe ich in Prag. Wahrscheinlich würde ich dort Schriftsteller werden und mystische Geschichten schreiben. Porno, Eso, Action, Gimmil sprengt alle Grenzen des guten Geschmacks. Ist Gimmil Amerikaner? Finger weg von diesen Schweinereien. So stelle ich mir die Kritiken vor. Wie ich so rum spinn, merke ich den Aus-Spass-wird-Ernst-Effekt. Ich nenne mein Buch Ernst. Ich rede mit Jannik und schreib ein Buch über die Züchter. Die Teile spuken sowieso die ganze Zeit in meinem Kopf rum. Ausserdem muss Jannik dann so richtig mit seinem Wissen auspacken. Bin mir sowieso sicher, er weiß viel mehr, als er mir so erzählt hat. Sehr gut, so schlage ich an diesem Wochenende zwei Fliegen mit einer Klappe.

Ich hol mir seine Tochter und sein Wissen. Super Idee. Ein kleines Problem gibt`s noch, wenn ich ein Buch schreibe. Ich muss meine Sprache ändern. So wie ich denke und spreche, liest niemand diesen Scheiß. Umgangssprachliches kommt schlecht in Deuschland. Die wollen immer hochgestochenen intellektuellen Quatsch, wie ihn Germanisten von sich geben. So ewige philosophische Betrachtungen einer Blume auf einem Misthaufen und ihre Beziehung zu den roten Wangen der Geliebten in Hinblick auf die Vergangenheitsbewältigung ihrer Großeltern, die bei einem nationalsozialistischen Bäcker Brezen kauften und ein Leben lang darauf herumkauten, weil sie eine schreckliche Kindheit hatten, die Mist-,war und der Misthaufen alles wieder ans Licht bringt und so weiter. Ich mach vielleicht doch lieber einen Comic oder eine Hip Hop Scheibe. Kann nur nicht zeichnen und bin unmusikalisch. Na ja, also doch ein Buch. Egal, werde das schon schaffen. Wie sagt man so schön? Können Sie schreiben? Weiß nicht, hab es noch nie probiert, aber ich kenne das Alphabet, wenn sie das meinen. Ganz schön heavy, so eine Fahrt vollkommen nüchtern. Mir ist klar, warum ich so gerne trinke, dabei werde ich blau und höre auf mit meinen genialen Plänen. Nüchtern bin ich ein unerträgliches Genie. Endlich in Prag, sofort springe ich in die U-Bahn und fahre zu Marcellas Wohnung. Ich krieg fast einen Herzschlag, als ich an ihrer Türe läute. Sie öffnet und blickt mich scheu, fast ängstlich an. Ich umarme sie, einen kurzen Moment spüre ich ihre Freude, doch dann wird sie kalt und entwindet sich meiner Umarmung. Sie schaut mich böse an. »Wir müssen gleich weg!« »Wieso denn?« »Jannik hat nur heute Zeit, er muss morgen zu Freunden aufs Land fahren und bleibt dort für einige Tage, und er will dich sehen.« »Gut, das trifft sich gut. Ich will auch einiges mit ihm besprechen, also los!« Ich bemühe mich, locker zu wirken, obwohl mir ein Kloß im Hals steckt. Ich könnte losjammern und um Marcellas Liebe betteln. Aber da sie die Eine ist, und dessen bin ich mir jetzt, da ich sie sehe, tausendpromillig sicher, ziemt es sich nicht zu jammern. Wie ein edler Ritter werde ich um die Dame meines Herzens werben. »Warte, ich zieh mich schnell an!« »Darf ich reinkommen, Marcella?« »Nein, warte draußen. Ich bin gleich fertig.« Da kommt sie auch schon. Auf der kurzen Fahrt reden wir nichts. Schon stehen wir vor Janniks Wohnung. Marcella klingelt kurz, zieht ihren Schlüssel und öffnet die Tür. Jannik kommt uns im langen Holzbohlen-Gang seiner Prager Altbauwohnung entgegen. »Schön, dass ihr schon da seid! Na Hannes, immer volle Pulle?« Er umarmt mich, kein Wort von unserem Telefonat. Ich bin etwas verwirrt, spüre ich doch gleichzeitig eine Präsenz von ihm ausgehen, die die Luft in dieser Wohnung jederzeit entzünden könnte. »Hallo, schön dich zu sehen,« stammle ich nur. »Nicht so förmlich mein Junge, wir sind nicht bei deiner Hochzeit!« »Vater, lass die blöden Anspielungen!« Marcella schreit fast. »Komm her, meine Prinzessin.« Jannik reist Marcella von den Beinen, fängt sie und dreht sich einmal tänzerisch mit ihr. Er wirkt auf einmal wie Zwanzig. Ich bin fasziniert. Er küsst Marcella auf die Wangen, knuddelt sie albern und gibt brummende Geräusche von sich. Dann zwickt es sie in beide Backen,»diezie, diezie, bruh, bruh.« Marcella reißt sich los.»Jetzt hör endlich auf, lass den Unsinn bitte! Ich geh gleich wieder!« »Kinder, man hat ein Leben lang Spaß mit ihnen. Ihr solltet euch auch welche zulegen!«, sagt Jannik zu mir gewandt. Marcella will losschreien, Jannik dreht sich blitzschnell um, packt seine Tochter und legt zärtlich ihren Kopf an sein Herz. Sie beruhigt sich sofort. » Komm schon, ein bisschen Spaß wird dein alter vergreister Vater doch noch machen dürfen.« Er dreht sich Richtung Küche geht bucklig wie ein alter Greis und wirkt auf einmal unendlich alt und vertrottelt.»Das Essen ist serviert, meine Herrschaften, wenn sie mir bitte folgen würden?« Wir müssen beide lachen. »Dein Vater hätte Schauspieler werden können. Er hätte die Bude voll Oscars.« »Mir hängen seine Späße zum Hals raus.« Marcella lacht. »Super, eine Familie von Verrückten. genau das hab ich immer gesucht.« Ich küsse Marcella blitzschnell. Sie lächelt mich an. Mein Herz jubelt, meine Ohren werden rot und Tränen schießen in meine Augen. Sie streicht mir zärtlich über den Kopf, dreht sich weg und setzt sich. Ich setze mich gegenüber. Der Tisch ist schön gedeckt. »Ihr habt ein perfektes Timing. Das Essen schmeckt jetzt am besten. Also lasst uns sofort anfangen!« »Was gibt`s denn?« »Bitte, Champignon

Torte aus Blätterteig, mit Gemüse gefüllte Auberginen in Tomaten-Knoblauch-Petersilie-Sauce, Kartoffel-Sahne Auflauf und einen großen gemischten Salat mit Jannik-Spezial-Dressing.« Er stellt alles nacheinander auf den Tisch. »Das riecht ja göttlich!« »Es schmeckt sogar noch besser, Hannes.« »Kaum vorstellbar.« »Zum Essen trinken wir einen Frankovka aus Valtice, ein guter tschechischer Roter.« »Geil, ich dacht immer, ihr Tschechen trinkt bloß Bier.« »Das sagst du als Bayer, ist schon komisch. Ausgerechnet ein Bayer macht solche Bemerkungen. Wir haben sehr guten roten Wein in Tschechien. Na zdravi!« Wir heben unsere Gläser und stoßen an. »Na zdravi!« Als wir zu Essen anfangen, kehrt Stille ein, die nur von gelegentlichen Essgeräuschen unterbrochen wird. Jannik bricht das Schweigen. »Was gibt es Neues aus München?« »Sehr viel, Jannik, sehr viel, ich suche gerade eine größere Wohnung und arbeite ganztags. Ich verdiene jetzt viel mehr und hab auch noch ein paar Pläne.« »So so, ein paar Pläne?« »Ja, ich will ein Buch über die Züchter schreiben.« »Ein Buch über die Züchter«, Jannik verschluckt sich fast. Er hustet theatralisch und haut dabei mehrmals auf den Tisch. »Ein Buch über die Züchter also, mhhm, gar keine so üble Idee. Du weißt nur viel zu wenig über die Züchter.« »Genau, deswegen wollte ich dich fragen, ob du mir nicht genaueres über die Züchter erzählen kannst. Ohne deine Hilfe, ohne eure Hilfe wird es für mich unmöglich sein, ein Buch über die Züchter zu schreiben.« Zum ersten Mal, seit ich die beiden kenne, sehe ich sie saublöd schauen. Jetzt ist es zur Abwechslung einmal mir gelungen, sie zu verblüffen. Alles in mir jubelt vor Freude. Ich muss lachen. »Eine schöne Überraschung! Gut, warum kein Buch über die Züchter? Was meinst du, Tochter?« »Ja, gute Idee, Vater. Wenn du ihn unterstützt, wird es sicher ein interessantes Unternehmen.« »Dann erzähl mal, Hannes, was stellst du dir so vor?« »Zuerst mal brauch ich genauere Infos. Aber ich hab mir überlegt, das Ganze in naher Zukunft beginnen zu lassen. Als Science Ficton, in einer Welt, die von Konzernen beherrscht wird, die unterstüzt von Hilfsstaaten um die Weltherrschaft kämpfen. Die Menschheit ist voll mit dem Existenzkampf beschäftigt und die Konzern-Propagandasender im Fernsehen predigen den ganzen Tag. Geld ist euer Gott, kaufe und du bist glücklich und so weiter. Die Menschen liegen im Wettstreit um die knappen Sklavenjobs und die wenigen Manager und Medienstars, die mehr verdienen, treiben sie noch weiter in den täglichen Konkurrenzkampf um die Jobs. Die Idee ist, die Jobs, die noch vor hundert Jahren als Sklaverei galten, jetzt als erstrebenswert zu verkaufen. Weil nur diese scheiß Jobs es ermöglichen, am Konsum teilzuhaben, der inzwischen religiösen Status hat. Dann kommen die Züchter ins Spiel. Je dümmer und kritikloser konsumiert wird, je gieriger, desto niedriger die Lebensenergie. Als Macht im Hintergrund sozusagen. Ab da spätestens brauch ich euer Wissen.« Während ich das sage, hab ich Marcella immer fest im Auge und sehe ihre Bewunderung und ihre Liebe. »Was meinst du, Jannik?« »Willst du meine Tochter nur beeindrucken, indem du kolossal auf`s Blech haust, oder meinst du das, was du so von dir gibst, auch ernst?« »Beides natürlich! Was glaubst du denn? Ich will deine Tochter und ich will ein Buch über die Züchter schreiben!« Ich erschrecke nachträglich über das, was ich soeben gesagt habe. Woher dieser Mut? Ich weiß es nicht. Wer wagt, gewinnt. Jannik hat inzwischen die Gläser vollgeschenkt. »Wohl gesprochen, Sohn. Darauf trinken wir einen. Dein Freund gefällt mir, Marcella. Na zdrovi!« »Mir auch, Vater. Na zdrovi!« »Ihr gefallt mir. Na zdrovi!« So hab ich mich noch nie gefühlt, und Marcella, ich will sie, auch wenn ich dann meine ganze Art, mit Frauen umzugehen, ändern muss. Es wird Zeit, dass alles Falsche von mir abfällt. »Erzähl was, Jannik, komm schon!« »Gut, aber ihr müsst zuhören, ich meine, wirklich zuhören, ohne dabei abzuschweifen und bei gewissen Wörtern eigene Assoziationen zu bekommen. Ihr müsst mir versprechen, nicht einzuschlafen. In Ordnung?« »Ja, in Ordnung!« rufen wir gleichzeitig und lachen uns an. »Gut, aber erwarte keine druckreifen Aussagen! Merk dir alles gut und schreib nur das Wichtigste davon auf! Es kann etwas dauern, die Sache richtig zu beleuchten und korrekt darzustellen. Das Wissen dazu ist erschreckend und umfassend. Ich will es trotzdem versuchen. Die Züchter sind schon in der Genesis beschrieben. Der Sündenfall, das sind die Züchter. Die Schlange, die Eva

verführte.« Jetzt war ich sofort stutzig. Bin ich einem fanatischen
Sektierer auf den Leim gegangen? Ein Irrer, der in diese Monster
eine Verschwörungstheorie hineininterpretiert? »Was meinst du
damit, Jannik? Haben die Züchter Eva einen Apfel gegeben? Soll
ich Christ werden? Ich dachte, Religion ist Aberglauben.« »Was du
gerade machst, nennt man assoziatives Abschweifen des fragmentarischen Geistes.« »Des was?« »Schubladendenken, das einem
Automatismus folgt. Genau das, was ich euch eben noch gebeten
habe zu unterlassen. Um zu verstehen, wovon ich rede, solltest
du, wie schon öfter von mir empfohlen, zuhören, statt immer wieder innerlich abzuschweifen! Denn ich habe keine Perlen vor die
Säue zu werfen. War das klar, Hannes? Hörst du jetzt zu?« »Ich
kapier schon, was du meinst, aber es ist schwer, dir zu folgen, ohne abzuschweifen.« »Gut, dann lass uns aufhören zu reden.«
»Halt, gib mir noch eine Chance, Jannik, ich werde jetzt zuhören,
ohne abzuschweifen!« »Sehr gut, Hannes, es ist sehr wichtig, dass
du gut verstehst, was ich dir jetzt sage. Die Erinnerung an ein
goldenes Zeitalter, die Vertreibung aus dem Paradies, die Götter,
all das sind Erinnerungen an eine Zeit, bevor die Züchter unseren
Planeten überfielen. Ihr Eingreifen in unser Leben war so einfach
und dennoch so grundlegend und weitreichend, dass es uns seit-
dem immer tiefer und auswegloser in die Sklaverei geführt hat.«
»Aber wenn es keinen Gott gibt, wieso redest du dann dauernd
von Göttern, der   Genesis, dem Paradies und dem goldenen

Zeitalter?« »Nun, du wirst zugeben, dass sich etwas in dir regt, wenn du diese Begriffe hörst, oder nicht?« »Doch, es berührt mich, und ich spüre eine Sehnsucht in mir. Ich weiß nicht genau nach was, aber es ist ein zarter Klang in meinem Herzen.« »Siehst du, genau das meine ich. Wenn du dir alte Landkarten anschaust, aus der Zeit, als die Erde noch als Scheibe dargestellt wurde, siehst du oben Gott und die Sonne, die Sterne und den Mond als Lichter und darunter Europa und daneben die bekannte Welt. Die Schöpfung, die sich symbolisch auch als abwärts gerichtete Spirale darstellen lässt. Oben ist Gott und die unsterbliche Seele, gefangen in einem sündigen Leib. Das heißt nichts anderes als, du bist ein Gefangener und musst Gott gehorchen und leiden auf Erden, um dann ins Paradies zu kommen. Wir trennen Körper und Seele und was herauskommt, ist letztendlich die Zerstörung der Welt. Aber wir werden ja befreit. Wenn das Sein aber ursachslos ist, dann gibt es eine Aufwärtsbewegung in der Spirale des Seins. Eine Seele kann dann möglich werden und Freiheit auch. Denn wir folgen dann dem ursachelosen Strom des Seins. Da ist der Leib nicht sündig und Zerstörung kann das Ende bedeuten. Dadurch verändert sich alles. Das nicht mehr wahrzunehmen, dabei haben uns die Züchter nachhaltig unterstützt.« »Was haben sie denn getan?« »Es ist einfach auszudrücken, aber nur sehr schwer in seiner ganzen Tragweite zu verstehen. Ich selbst habe mehr als dreißig Jahre intensiven Studiums   gebraucht, um auch nur ansatzweise zu begreifen, wie weitreichend ihre Manipulation war und wie nachhaltig sie uns damit unsere Lebenskraft geraubt haben, um uns abzurichten.« Jannik hält ein, um sich in aller Ruhe einen Becherovka einzuschenken, dabei schaut er mich an, so als könnte er sehen, wie seine Worte auf mich wirken. In mir brodelt es, aber ich zwinge mich dazu, keine Fragen zu stellen, geschweige denn Kommentare abzugeben. Jannik trinkt sein Glas in einem Zug leer und fährt fort. »Die Züchter haben uns von der mutterrechtlichen Gesellschaftsordnung in die Ordnung des Vaterrechts geführt. Mit der Einführung der Einehe, der Abhängigkeit zwischen Mann und Frau haben sie uns geködert. Daraus haben sich im Laufe der Zeit alle so genannten Zwänge entwickelt, die uns bis heute domestiziert haben. Wenn dir dies in allen Konsequenzen bewusst wird, weißt du, dass wir alle den Geist für die Macht geopfert haben. Da liegt der Hund begraben. Wenn du das lebendig verstehst, dann weißt du, in welche Lage uns die Züchter gebracht haben. Was gibt`s?« Jannik blickt zu Marcella. »Ich brauch einen Schluck Wasser, bin ganz ausgetrocknet.« »Bring noch Wein mit!« sage ich. »Mir auch noch. Eine kurze Pause ist vielleicht ganz gut. Hast du dir deine Informationen so vorgestellt, Hannes?« »Mir ist die ganze Sache noch nicht so klar, wie ich gerne möchte.« Wir trinken was und Jannik fährt fort. »Der Mensch ist verstrickt in Fragmente und sieht nicht mehr das Ganze. Am besten, du gehst so lange im Handstand   spazieren, bis es dir normal erscheint.

Dann erkennst du, dass die Welt auf dem Kopf steht. Seit der Einflussnahme der Züchter, die in der Anfangsphase unserer sich entwickelnden Gesellschaft eingriffen, um aus einer matriarchalen Gesellschaft der grenzenlosen Entfaltung eine patriarchale Gesellschaft der Autorität und Unterdrückung zu formen. Mit diesem chirurgischen Eingriff begann unsere Versklavung.« »Wie konnten sie dies bewerkstelligen?«, wollte Marcella wissen. »Sie köderten die Frauen damit, dass es viel angenehmer ist, exklusiv von einem Mann versorgt zu werden statt von einem Kollektiv. Sie überzeugten die Frauen mit Besitz. So einfach war das.« »Wie haben wir vorher gelebt?« »Nun, darüber können wir nur ansatzweise spekulieren, weil alle Betrachtungen, die wir von unserem jetzigen Standpunkt aus über eine matriarchale Gesellschaft anstellen, zwangsweise von einer pervertierten Sicht ausgehen.« »Wieso pervertiert, Jannik?«, warf ich ein. »Wenn du zu Ende denkst, wirst du merken, dass eine patriarchale Gesellschaft von der Autorität ausgeht. Ein Mann hat eine Frau exklusiv für sich. Die Frau bekommt Kinder und der Mann ist gezwungen, für seine Frau und seine Kinder zu sorgen. Da kommt schnell die Idee auf, auch Andere für sich arbeiten zu lassen und den Mehrwert, den sie erwirtschaften, für die Versorgung der eigenen Familie abzuschöpfen. Dadurch entstehen zwei Klassen. Der eine lässt für sich arbeiten und vermehrt sein Hab und Gut, und der Andere muss auf einen Teil seines Erarbeiteten verzichten. So entsteht Ungleichheit.«

»Wenn wir also in gleichberechtigten Gemeinschaften leben würden, hätten alle das gleiche Risiko, die gleichen Rechte und die gleiche Verantwortung. Aber da gibt es tausend Einwände, Jannik.« »Natürlich gibt es die, das ist ja das Hauptproblem des fragmentarischen Denkens. Jeder hat sofort etwas einzuwenden, aber niemand ist bereit, sich vor seinen Einwänden das Gesamte zu betrachten, ohne dauernd alles in Schubladen des Denkens zu stecken. Ein Fach, statt vieler Schubladen. Alles anschauen, ohne darüber zu urteilen und zu beobachten, woher es kommt, ist eine Kunst. Ohne diese Fähigkeit gibt es keine Einsicht und kein Verstehen. Dort musst du ansetzen. Es ist eine Technik, die dir hilft, das Leben in unserer Zeit zu verstehen. Du musst begreifen, dass du keine Chance hast, dich aus den Klauen unserer Züchter zu befreien, bevor du nicht gelernt hast, ohne deine üblichen Konditionierungen zu denken. Sonst wird dein Denken immer in Vorurteilen und Oberflächlichkeiten verstrickt bleiben.« »Wie soll ich dann bei den anderen Menschen wissen, woran ich bin? Wie soll ich mich dann gegenüber den Anderen verhalten?« »Schau dir an, was sie tun, und höre nicht auf das, was sie reden! Reden führt selten zur Tat.« »Was du da sagst, stellt wirklich alles auf den Kopf. Mein ganzes Verhalten und meine Sicht der Dinge. Einfach alles, wenn du recht hast, bin ich total auf dem Holzweg.« »Lass dir Zeit, Hannes, bis sich alles gesetzt hat! Keinen Fanatismus, erst mal in Ruhe warten, bis sich alles legt, und dann Schritt für

Schritt, nur so geht`s.« »Das ist harter Stoff, Jannik.« »Nun, ich sagte bereits, erwarte keine druckreifen Aussagen.« »Vieles von dem, was du sagst, ist mir selber nicht ganz klar. Wie soll ich diesen Matriarchats Quatsch praktisch anwenden?« »Das dauert ein paar Jahre und setzt eisernen Willen und knallharte Disziplin voraus. Ich rede nicht von deutscher Disziplin. Ich spreche von der Disziplin des Herzens, das sich nach Freiheit sehnt. Von der permanenten Erinnerung an die eigenen Möglichkeiten und Fähigkeiten, von der Unerschrockenheit, ausgetretene Pfade zu verlassen und plötzlich aus sich selbst zu leben.« Jannik schweigt, und auch wir horchen in uns hinein. Der Nachhall seiner Worte lässt mein Herz schwingen und es ist das erste Mal, dass ich mein Herz auf eine solche Art wahrnehme. Plötzlich scheinen alle Dämme in mir zu brechen und eine zentnerschwere Last fällt von meinem Brustkasten. Ich atme in einer nie gekannten Klarheit und Größe, meine Wahrnehmung ist viel umfassender als sonst. Ich lasse mir unendlich Zeit, schaue Jannik und Marcella an. »Danke, ihr habt mir ungeahnte Welten geöffnet, allerdings glaube ich, erst am Anfang eines langen Weges zu stehen. Ich will euer Freund sein, aber ich habe ehrlich gesagt kaum eine Ahnung, von was du eigentlich redest. Ich spüre eine gewaltige Reaktion in mir auf deine Worte, weiß aber auch, dass die Umsetzung für mein Leben zäh werden kann. Ich glaube, es ist gut, den Gedanken mit dem Buch vorerst beiseite zu schieben und wirklich zu beginnen, an mir zu arbeiten.

Ich will Schritt für Schritt vorangehen.« Jannik schaut mich an. Marcella nimmt zärtlich meine Hand. Jannik holt Becherovka und drei Gläser. Er schenkt uns ein. »Auf dich, mein Freund! Auf dein Leben, auf die Freiheit!« »Auf die Freiheit, Jannik!«, brülle ich so laut, dass ich vor Schreck zusammenzucke. Wir lachen und trinken. Dann noch einen und noch einen. Ich liebe diesen Mann. »Weißt du, Hannes, lange habe ich geglaubt, du bist nur ein Wichtigtuer. Jemand, der glaubt, etwas Besonderes zu sein, weil er zufällig die Wahrheit entdeckt hat. Die Welt ist voll von solchen Menschen.« »Was meinst du genau?« »Er meint dein ganzes Auftreten, deine Reaktion auf die Ereignisse«, wirft Marcella ein. »Vieles deutete darauf hin, dass du, nachdem dir die Wahrheit über die Züchter klar wurde, daran scheitern würdest.« »Wieso scheitern? Ich wäre vorher fast gescheitert, als ich glaubte verrückt zu sein. Halluzinationen zu haben, ein Fall für den Psychiater. Ich dachte, das Schlimmste hätte ich hinter mir. Jetzt erzählt ihr mir einen von Scheitern. Jetzt krieg ich langsam Panik. Woran soll ich jetzt noch scheitern?« »Eine ganz wichtige Sache. An dir, an deiner Nabelschau, an deiner Egozentrik.« »Was meinst du mit Egozentrik, Jannik?« »Schau, deine ganze Wahrnehmung dreht sich um dich. Wie es dir erging, als du die Züchter bemerkt hast, wie du ein Buch darüber schreibst, wo du mit Marcella lebst. Wie es dir gefällt, dass es Züchter gibt, was dich panisch macht. Alles in deiner Welt, alle Wahrnehmung, alles Wünschen, alles dreht sich nur um dich. Wenn du morgen stirbst, hört dann die Welt auf, sich zu drehen? Hört das Wasser auf, die Moldau hinunter zu fließen? Hört die Sonne auf zu scheinen?« »Äh, na, sicher nicht«, entgegne ich etwas verstört. »Siehst du, das meine ich. Die Welt nimmt davon keine Notiz. Also ist deine Wahrnehmung der Welt ganz auf dein Ich zentriert. Alles dreht sich um dich. Das ist es, was ich egozentrisch nenne. Versteh mich nicht falsch, bei allen Aktivitäten, die sich um das tägliche Brot drehen, ist etwas wohldosierte Egozentrik schon in Ordnung. Aber für die Wahrnehmung der Welt ist Egozentrik völlig unangebracht.« »Gut, ich kann dir folgen. Aber ich wäre nie von selbst auf solche Gedanken gekommen.« »Dafür warst du in letzter Zeit zu besoffen,« wirft Marcella ein. Noch ehe ich antworten kann, fährt Jannik fort. »Wenn ich deine Wahrnehmung der Welt betrachte, kann ich feststellen, sie ist ego zentriert. Hat nichts mit der Realität zu tun. Du bist somit verrückt in Bezug auf deine Wahrnehmung der Realität.« Ich schau ihn nur an. Zu viele Sachen gehen mir gleichzeitig durch den Kopf, als dass ich ihnen folgen könnte, sie ziehen vorbei wie Wolken. Ich spüre den Sinn seiner Worte in meinem Herzen. Seit vorhin hat sich meine Wahrnehmung verändert und Janiks Worte sind mir verständlich wie nichts zuvor in meinem Leben. Der Becherovka hilft mir, meine üblichen Zweifel und Einwände, meine kleinlichen Ängste und Zweifel zu verbrennen. Jannik prostet mir zu. »Du bist verrückt und egozentrisch und damit in

Gesellschaft von Milliarden anderer Hühner, die wie du alle in ihren Käfigen sitzen und das UV-Licht des kollektiven Bewusstseins für die wahre Sonne halten. Gefangen in Ängsten, Hoffnungen und Begierden, die unsere Züchter ernähren, und abgeschnitten von der wirklichen Wahrnehmung des Seins, die zu erlangen es aller Kraft bedürfte, die hervorzubringen wir fähig sind. Statt dessen lässt du dich mit einer Realität des Lebens abspeisen, die allein darauf begründet ist, dass sie angeblich alle wahrnehmen. Einer Realität, die alles Andersartige vernichtet und beseitigt. Einer Realität, andere Wesen von unserer Lebenskraft zu speisen und selbst ein unwürdiges Dasein in finsterster Sklaverei zu fristen. Egozentrik und Verrückt sein als Standard. Statt frei wie ein Adler durch die Lüfte zu fliegen, selbstbestimmt und voller Kraft, sitzen wir wie Hühner in der Falle unserer beschränkten Wahrnehmung und bemerken nicht, dass das, wovor wir größte Angst haben schon seit Jahrtausenden bittere Realität ist.« Janiks Worte erschöpfen mich. Da füllt er erneut unsere Gläser und prostet mir zu. »Auf die Freiheit!« »Auf die Freiheit!« Wir trinken einen und gleich noch einen. Ich komm langsam richtig in Fahrt. Mein Optimismus kehrt zurück. Ich umarme Marcella, sie schiebt mich weg. Jannik singt dazu einige tschechische Lieder, von denen ich nichts verstehe, ihm scheinen unsere Probleme am Arsch-vorbei-zu-gehen. »Die hat er alle selbst gedichtet«, klärt mich Marcella auf. »Ich verstehe zwar kein Wort, aber dein Vater singt sehr gut.« »So, jetzt ist es genug!« Jannik steht mit einem mal auf, räumt die Gläser weg und schmeißt uns raus. »Ihr seid jetzt besser alleine, und ich muss morgen nach Frymburg fahren, einige Freunde treffen.« Er umarmt Marcella, und kommt dann zu mir. »Immer volle Pulle, Hannes! Immer volle Pulle! Du machst das schon richtig, vertrau auf dein Herz, sonst auf nichts. Du schaffst das, mein Sohn. Machs gut!« »Danke, ich weiß gar nicht, was ich sagen soll.« Er klopft mir schnell auf die Schulter, schiebt mich zur Tür raus, schreit »Ahoi!«, schließt die Tür und wir stehen im dunklen Gang. Marcella macht das Licht an. Ich gehe zu ihr, lege meinen Arm um ihre Schultern, sie lehnt ihren Kopf an meinen Arm und wir gehen schweigend durchs Treppenhaus auf die Straße. Dort winke ich dem nächsten Taxi und wir fahren nach Hause. Wir haben einiges zu besprechen, mir ist klar, das da noch was auf mich zukommt. Bei Marcella angekommen, sitzen wir schweigend in der Küche. »Ich habe mich wirklich blöd benommen Marcella, kannst du mir verzeihen?« »Höre bitte mit diesem Unsinn auf, Hannes!« Sie schaut mich strafend an. Was du vorhin gesagt hast, klang vielversprechend. Aber wenn du jetzt schon wieder anfängst, dich wie ein langweiliger Ehemann zu entschuldigen, dann muss ich mich übergeben. Wo ist das Beginnen, an dir zu arbeiten? Hast du es verschoben?« »Jetzt bist du aber wirklich ätzend. Es fällt mir schwer, mich so schnell umzustellen.« »Ja, ja, was soll ich da sagen? Was glaubst du? Ich stell mich täglich um.

Jederzeit! Glaubst du, es ist für mich leicht? Du kommst nach Prag, überrumpelst mich fast, ich bin betrunken, und dann haust du wieder ab, meldest dich nicht, gehst nicht ans Telefon. Wenn du rangehst, dann bist du besoffen. Danach schickst du Blumen und Pralinen, ich hasse Pralinen. Dann kommst du, und jetzt soll ich schön brav sein, mit dir schlafen und dann brav nach München ziehen und mich um dich kümmern. So stellst du dir das vor, oder?« »Wenn ich ehrlich bin, so in etwa.« »Ich will erst mal wissen, ob es sich lohnt, dir zu vertrauen und dich zu lieben. Ich will wissen, ob du zuverlässig bist. Ich muss dir vertrauen können, bevor ich zu dir nach München komme.« »Marcella, du brauchst einen richtigen Mann, keinen Clown, der dich unterschätzt und am Leben hemmt. Ich bin der Richtige, ich weiß es. Wir werden es beide spüren. Mehr verlange ich gar nicht.« Plötzlich waren diese Worte da und ich wußte, es sind die richtigen. Als ich Marcella anschaue, ist es offensichtlich. Das ist der erste Schritt in eine echte Beziehung. »Ich will dir vertrauen und dein Vertrauen gewinnen. Ich meine es ganz ernst.« Sie schaut mich an und ich weiß, wir haben beide unsere Wahl getroffen.

Vom gleichen Autor

Mayerbeetle

Auf der Schleimspur des Lebens

Kurzgeschichten

ISBN-10: 3833411252

als e.book: ISBN 9783732270842

Jo, der kleine Sonnenfunke!

als e-book erhältlich, unter:

http://www.amazon.de/Jo-der-kleine-Sonnenfunke-ebo ok/dp/B00BURQ9PW/ref=sr_1_1?ie=UTF8&qid=1363706 301&sr=8-1

Jo der kleine Sonnenfunke ist bei Amazon als Kindle direct Publishing erschienen.
Mit Hilfe des Kindle Apps, dass für jede Plattform (Ios,Blackberry,Android,Mac und PC) erhältlich ist, kann es digital gelesen werden!

Schlusswort

Als ich 2004 angefangen habe an diesem Roman zu arbeiten, wusste ich noch nicht, dass es bis 2015 dauern würde ihn fertig zu stellen. Dieser kurze Roman ist nicht nur mein erster Roman, sondern er schließt gleichzeitig einen schöpferischen Abschnitt meines Lebens ab. So habe ich von 2004 bis 2013 offene Literaturbühnen und Lesungen veranstaltet. Danach warf mich eine Krankheit in die Bahn, in die schöpferische Bahn des lebendigen Seins. So waren meine bis jetzt veröffentlichten Texte nur eine Vorbereitung auf die Arbeit, die jetzt vor mir liegt. Schon lange war mir klar, dass sich die Menschheit und unsere lebendige Umwelt nur retten lassen, wenn wir unser Bewusstsein ändern. Bis 2013 war das Schreiben mein Weg, jetzt sind einige dynamische Elemente hinzu gekommen, und das Schreiben ist nur ein kleiner Teil davon. Falls du mehr darüber wissen willst, schaue auf meine Web-Seiten.

Über mich als Autor und Mensch gibt es sonst nicht`s weiter zu sagen, auch wenn es nicht dem Zeitgeist entspricht, bitte ich dich das zu akzeptieren. Genau so wie ich auch nichts weiter über dich geneigter Leser, geneigte Leserin wissen möchte. Machs gut!
Mayerbeetle